KJB

Valija Zinck, 1976 in Ingolstadt geboren, arbeitete lange Zeit als Tanzpädagogin und freischaffende Choreografin, bevor sie das Schreiben für sich entdeckte. Nach ›Jakob und die Hempels unterm Sofa‹, ›Penelop und der funkenrote Zauber‹, das mehrfach ausgezeichnet wurde, und ›Drachenerwachen‹, ist ›Drachenleuchten‹ ihr vierter Kinderroman. Sie lebt mit ihrer Familie in Berlin.

Annabelle von Sperber arbeitet als freie Illustratorin und Autorin im atelier2gestalten für verschiedene Verlage und Printmedien. Sie studierte Illustration an der HAW Hamburg und lehrt als Dozentin an der Akademie für Illustration und Design in Berlin.

Weitere Informationen zum Kinder- und Jugendbuchprogramm der S. Fischer Verlage finden sich auf *www.fischerverlage.de*

Valija Zinck

Drachenleuchten

Mit Vignetten von
Annabelle von Sperber

KJB

Alle Bücher von Valija Zinck bei Fischer:
Drachenerwachen (Band 1)
Drachenleuchten (Band 2)
Jakob und die Hempels unterm Sofa
Penelop und der funkenrote Zauber

Bei Antolin gelistet

Zu diesem Buch ist das gleichnamige Hörbuch
im Argon Verlag erschienen und im Buchhandel erhältlich.

FSC www.fsc.org
MIX
Papier aus verantwortungsvollen Quellen
FSC® C083411

Erschienen bei FISCHER KJB

Umschlaggestaltung: MT-Vreden
unter Verwendung einer Illustration von Annabelle von Sperber
Satz: Dörlemann Satz, Lemförde
Druck und Bindung: CPI books GmbH, Leck
Printed in Germany
ISBN 978-3-7373-4155-4

Für Marko

Was bisher geschah

Vor nicht allzu langer Zeit war Jankas und Johanns Leben ziemlich normal gewesen. Sie wohnten mit ihren Eltern in einer normalen Wohnung in einem normalen Berliner Hochhaus, gingen in die sechste und achte Klasse und vertrieben sich ihre Freizeit mit Hobbys wie Zirkustraining oder Computerspielen.

Das Leben ihrer Nachbarin Frau Tossilo war früher ebenfalls ziemlich normal gewesen. Sie hatte ein Stockwerk genau unter Janka und Johann gewohnt und ziemlich oft darüber nachgedacht, wie sie die Familie aus dem Hochhaus hinausekeln könnte. Kinder hatte sie nämlich nicht ausstehen können.

Doch dann war ihrer aller Leben ziemlich anders geworden.

Eines Tages war Frau Tossilo von einer Reise mit einem vertauschten Koffer heimgekehrt, in dem sich ein eiförmiger Edelstein befunden hatte. Der Stein war aber gar kein Stein gewesen, sondern ein Ei, aus dem ein echter lebendiger Drache schlüpfte! Ein Drache, den Frau Tossilo vom ersten Augenblick an tief in ihr Herz schloss.

Ein Glück, dass sie Janka und Johann doch noch nicht aus dem Hochhaus geekelt hatte. Denn ohne die beiden hätte das Drachenbaby wohl kaum überlebt. Kurmo, so hatte Janka das kleine Geschöpf genannt, hatte keine Sekunde allein bleiben wollen. Also waren die Geschwister beinahe täglich zu Frau Tossilo hinuntergeeilt, um sich die anstrengenden Drachenhütedienste zu teilen.

Alle, die schon einmal einen Drachen gehütet haben, wissen, dass sich dabei nicht nur Drache und Hüter, sondern auch die Hüter untereinander näher kommen. Und nur deshalb haben Janka, Johann und Frau Tossilo das Schlimme, das später gekommen war, überhaupt durchgestanden.

Nach ein paar Monaten nämlich – Kurmo war inzwischen beträchtlich gewachsen – war der wirkliche Besitzer des Koffers aufgetaucht. Ein mächtiger Konzern, der sich Black West International nannte und der seinen Drachen unter allen Umständen zurückhaben wollte! Notfalls mit Gewalt.

In letzter Sekunde war es Johann gelungen, sie alle zusammen aus der Gefahrenzone zu bringen. Fort. An einen weit entfernten Ort, einen ziemlich ungewöhnlichen Ort.

Im Moment waren Kurmo und Frau Tossilo also in Sicherheit.

Janka und Johann hatten nicht bei ihnen bleiben können. Aber Black West International wusste ja auch nicht, dass die beiden in die Drachensache verwickelt waren.

Außerdem kann man seine Eltern nicht komplett in Angst und Schrecken versetzen und für immer in einem Computerspiel verschwinden …

Drachen-
leuchten

Inhalt

1
Der neue Alltag oder Schlaufen im Kopf

Es war ein glasblauer Nachmittag, der sich schon langsam dem Abend neigte. Die schneebedeckten Wipfel des Pyramidengebirges glitzerten im *Secret Silence-Abendrot* nur so um die Wette, und eigentlich könnte hier alles sehr schön sein.

Vor allem wenn es einem nichts ausmachte, mit einem Herz voller Angst auf einem Drachenrücken durch die Gegend gerüttelt zu werden.

»Flieg tiefer!«, brüllte Frau Tossilo. »Schnell, Kurmo, flieg tiefer! Ich sehe etwas! Dort unten im Wasser, da treibt jemand!«

Der Drache und Frau Tossilo waren auf der Suche nach

Janka und Johann. Seit Tagen bereits. Oder vielleicht auch schon viel länger.

An dem Treffpunkt, den sie miteinander ausgemacht hatten – zwischen den Stelen in Level acht –, waren die Geschwister nämlich nicht aufgetaucht. Kurmo und Frau Tossilo hatten gewartet und gewartet und es nach einer Weile mit der Angst zu tun bekommen. Wo blieben die beiden nur? War ihnen etwas passiert?

Nach einem Tag Warterei hatten Frau Tossilo und Kurmo die Geschwister dann auf dem Berg mit der violetten Spitze gesucht. Dort, wo Johann den Eingang hineinprogrammiert hatte. Aber alles, was sie hier gefunden hatten, waren ein paar Knochen gewesen. Und die gehörten hoffentlich nicht Janka und Johann.

Jetzt klammerte sich Frau Tossilo noch fester an den Drachenhals, denn Kurmo rauschte im Sturzflug einem Wasserfall hinterher und folgte dann dem Fluss zwischen glatten Bergwänden hindurch.

»Weiter, schneller! Dort vorne, da, siehst du?, da treibt einer in den Wellen, ist das Johann?«, rief sie gegen das laute Flattern ihres pinken Halstuchs an.

»Johaaann!!!«

Der Fluss mündete in einen langgezogenen See. Holprig setzten sie am felsigen Ufer auf. Aber nichts und niemand war mehr zu sehen.

»Das war wieder diese Spiegelung.« Der Drache scharrte einen kleinen Felsen beiseite.

»Verflixt«, fauchte Frau Tossilo. »Ich habe wirklich geglaubt, Johanns Gesicht in den Wellen entdeckt zu haben.«

Kurmo blickte auf das blasse Wasser hinaus, dann schüttelte er den Kopf.

»Es muss eine Spiegelung gewesen sein. Und darüber können wir froh sein. Denn ein Gesicht im Wasser würde doch nichts Gutes bedeuten.«

»Froh sein sollen wir? Froh? Die Ungewissheit raubt uns den letzten Nerv, jedenfalls mir, und jetzt sollen wir uns auch noch freuen?!«, empörte sich Frau Tossilo und schaute erst grimmig auf den weiß schimmernden Drachenhals vor ihr und dann zum Gebirge hinter ihr.

»Wer hat sich das hier eigentlich alles ausgedacht? Die mystischen Farben, die vulkanförmigen Felsen und diesen Sience-Fiction-Dunst um die Berge? Mir reicht es! Ich möchte wieder nach Hause! Jetzt sofort auf der Stelle!«

»Ich weiß«, antwortete Kurmo leise. »Aber das können wir nicht. Nicht ohne Johann. Und ich finde, dass wir für heute genug gesucht haben. Lass uns einen Schlafplatz finden!«

Frau Tossilo schwieg, doch dann nickte sie grummelnd, und Kurmo schlug mit den Flügeln, um wieder nach oben zu steigen.

Sie flogen, bis sie in bewachsenes Gebiet kamen, das hier immer inselartig auftauchte. Kurmo glitt über einen runden Hügel bis zu einer Gruppe Bäume mit fächerförmigen altrosa Riesenblättern und landete zwischen ihnen auf weichem Boden. Die Grasbüschel waren schon grau vom Dämmerlicht, aber Kurmos dünne Drachenhaut hob sich deutlich von ihnen ab. Er hatte immer noch keine neuen Schuppen ausgebildet, aber die brauchte er in diesem Computerland auch gar nicht. Hier gab es schließlich nichts, was gefährlich war. Selbst die Mücken stachen nicht. Sie ließen sich zwar auf Kurmo und Frau Tossilo nieder, doch schienen sie nicht zu wissen, welchen Sinn und Zweck das eigentlich hatte.

»Ist der Platz gut?«, raunte Kurmo.

Frau Tossilo rutschte vom Drachenrücken hinunter, zog ihre spitzen Stiefel aus und rieb die Füße durch die Grasbüschel.

»Nicht so weich wie mein Flauscheteppich. Aber vielleicht können wir trotzdem schlafen. Es war ja wieder ein furchtbar langer Tag.« Sie ließ sich auf ihrem Umhang nieder, dann starrte sie niedergeschlagen auf den grauen Boden.

Wer Computerspiele spielt, hat vielleicht schon einmal bemerkt, dass die Zeit dabei anders vergehen kann. Dass sie manchmal einfach verschwindet.

Aber wer das Computerspiel nicht spielt, sondern plötzlich in ihm wohnen muss, merkt, dass die Zeit noch ganz andere Dinge tun kann. Dass sie sich zum Beispiel in ein pixeliges Knäuel verwandelt, aus dem verdrehte Erinnerungsfäden herausbaumeln, an denen man immerzu und immerzu ziehen möchte.

Frau Tossilo begann, sich die Schläfen zu massieren. Kurmo trat die Büschel neben dem Umhang platt, ließ seine Beine einknicken und sank ins Gras. Dann legte er seinen Drachenschwanz sacht um Frau Tossilo herum, breitete einen Flügel über sie und schnaubte leise:

»Janka und Johann werden wiederkommen. Schon bald. Das spüre ich.«

Doch Frau Tossilo hörte ihn nicht. Sie war zu sehr mit den verdrehten Erinnerungen beschäftigt. Wie lange war es genau her, dass die Geschwister nach Hause gereist waren? Dass Johann sich und Janka aus dem Spiel heraus, zurück nach Berlin ins Hochhaus, geraumt hatte. Eine Woche? Einen Monat? Ein Jahr? Ein ganzes Leben?

Sie streckte sich auf dem Umhang aus, wälzte sich auf die Seite und sah aus dem Spalt unter dem Drachenflügel in die Dunkelheit hinaus. Ein vereinzeltes Glühwürmchen flog vorüber.

Frau Tossilo zog an dem nächsten Erinnerungsfaden und erschrak.

Es war die Erinnerung an Black West International. Sie war zwar etwas verschwommen und verworren, aber bedrohlich war sie dennoch. In einer Endlosschlaufe sah sie den Schmallippigen vor sich auftauchen, hämisch grinsend:

Du entkommst mir nicht, ich kann den Drachen orten! Überall auf der Welt! Nichts kann man gegen das Peilpulver tun. Nichts! Es hat sich in den Drachen eingefressen.

›Das kann man nicht heilen. ›Vergiss das nicht!, hörte sie seine kalte Stimme, als stünde er direkt über ihr.

Schnappend holte sie Luft. Kurmo raunte ihr abermals etwas zu, doch vergeblich.

Wie lange lag es zurück, dass Janka, Johann und Kurmo sie vor dem Konzern gerettet hatten? Aus dem unzerstörbaren Glasbunker. Oder würde das erst in der Zukunft geschehen? Das konnte Frau Tossilo auch wieder nicht sagen. Ihr Kopf war ein einziges Durcheinander. Sie rieb sich die Stirn, da tauchte plötzlich ein Gedanke auf, der ihr bisher noch gar nicht gekommen war: Black West hatte die Kinder geschnappt! Ja, die Leute des Konzerns hatten Janka und Johann beim Herauskommen aus dem Spiel abgepasst. Die beiden konnten gar nicht mehr zu ihr und Kurmo zurückkommen. Was, wenn Black West sie …

Als hätte jemand einen Eiszapfen in ihr Herz gestoßen, fuhr Frau Tossilo erst zusammen, dann hoch und stieß mit der Stirn gegen den aufgespannten Drachenflügel.

»Wir müssen nach Hause! Sofort! Wir müssen das irgendwie bewerkstelligen!«

Kurmo zog seinen Flügel zurück und neigte Frau Tossilo seinen schweren Kopf zu.

»Gedanken sind nicht die Wirklichkeit! Und düstere Gedanken sind nicht hilfreich.« Leise begann er zu summen, tief und beruhigend. »Denk nicht mehr daran. Denk an etwas Schönes, sonst wirst du nie einschlafen können. Und Schlaf werden wir brauchen.« Er verstummte.

»Nicht die Wirklichkeit, aber was, wenn doch?«, knurrte Frau Tossilo, dann riss sie sich tatsächlich zusammen, atmete ein paarmal hörbar aus und legte sich wieder hin.

Kurmo hatte ja recht. Es war bestimmt hilfreicher und kräftesparender, jetzt an etwas Schönes zu denken.

Vielleicht daran, dass es hier keinen Tau gab, der sie jetzt durchnässte. Oder sollte sie lieber an ihre Nagellacksammlung und ihr elfenbeinfarbenes Ledersofa denken, die zu Hause auf sie warteten?

Kurmo summte weiter. Eine ganze lange Weile und immer wieder blies er Frau Tossilo seinen Atem in den Nacken, bis sie allmählich ruhiger wurde.

Vielleicht sollte ich an Jankas braune Augen denken, kam es ihr nun in den Sinn. Wie sie leuchten, wenn ich ihr die Tür öffne. Wie Janka kichert, sich das dünne Haar hinters Ohr streicht und fröhlich ruft: *Hallihallo, meine Zirkusstunde fällt heute aus, da komme ich doch gleich wieder vorbei.*

Frau Tossilo musste gähnen.

Oder, dachte sie, ich denke daran, wie wir alle auf dem Flauscheteppich gesessen haben und den pinken Koffer auspackten und wie Johann gestottert hat, als ich ihm den Laptop schenkte. Meine Güte, wie hat er sich gefreut.

Sie spürte Wärme in der Brust aufsteigen, und sie spürte die Wärme von Kurmos Atem im Nacken. Sie war froh, dass sie es wieder konnte, das Spüren. Die ersten Tage hier hatte sie nämlich fast gar nichts mehr wahrgenommen, weder Kälte noch Wärme, noch die Reibung an den Fingerkuppen, wenn sie damit über eine Baumrinde gestrichen hatte. Mittlerweile aber war diese Fähigkeit zurückgekehrt. Noch nicht wieder ganz, doch immerhin.

Aber hilft uns meine Spürerei, Janka und Johann wiederzufinden? Wohl kaum!, hätte sie fast gegrummelt, doch da war sie plötzlich eingeschlafen.

2
Nachwirkungen

In das Computerspiel hineinzukommen war leicht gewesen. Das Aus-dem-Spiel-Hinauskommen jedoch eine ganz andere Sache.

Janka und Johann waren in einen schlimmen Strudel geraten. Dabei war ihnen so schwindlig geworden, dass Johann beinahe den Laptop losgelassen hätte. Als der rasende Sog endlich weniger geworden war, hatte ihre Spucke nach Schimmel geschmeckt und ein brennender Schmerz aus der Magengegend jede Faser ihres Körpers in Besitz genommen. Sie hatten sich übergeben. Wieder und wieder und wieder.

Wie sie schließlich zu Hause im Hochhaus gelandet

waren, wussten sie nicht mehr. Nur dass ihre Eltern noch nicht daheim gewesen waren, das wussten sie. An die darauffolgenden Tage konnten sie sich vage erinnern. Ihre Mutter oder ihren Vater hatten sie schemenhaft wahrgenommen, wenn sie sie zum Bett und zur Toilette geführt hatten. Ein Arzt war gekommen. Bittere Medizin. Steigendes Fieber.

»Wie ihr nur ausseht«, hatte die Mutter immer wieder besorgt geflüstert. »Dass eine Grippe so schlimm werden kann.«

Über eine ganze Woche hatte es gedauert, bis die Hitze aus ihrem Körper gewichen war, und erst nach einer kompletten weiteren Woche konnten Janka und Johann wieder aufstehen.

Zu spät.

Zu spät.

Zu spät.

Wir sind zu spät gesund geworden. Der Tag, an dem wir uns mit Kurmo und Frau Tossilo zwischen den *Secret Silence*-Stelen treffen wollten, ist ja längst vorüber.

Es war Sonntag. Mit gesenkten Köpfen hingen Janka und Johann am Frühstückstisch.

»Wisst ihr was, ihr Lieben? Wir machen heute einen Ausflug!«, schlug ihre Mutter mit mütterlich heiterer Miene vor. »Nach so einer langen Krankheit muss man an die frische Luft, um wieder richtig in die Gänge zu kommen.«

»Okay«, nickten die Geschwister zwar etwas lahm, doch sie waren der Mutter dankbar für ihre Bemühung, und so begab sich die Familie samt Fahrrädern an die Spree.

Es war sehr warm, und auf dem Wasser tummelten sich bunte Ausflugsschiffe. Schwäne und Enten schaukelten träge in Ufernähe und warteten auf Brot. Janka, Johann, die Mutter und der Vater radelten schwitzend bis zur Fahrradfähre, und weiter ging es durch eine Heide, bis es schließlich Mittag wurde.

»Pause!« Der Vater machte eine Vollbremsung auf dem sandigen Weg.

»Hier zwischen den Birken?«, freute sich Janka.

»Warum nicht?«, lächelte der Vater. »Der Schatten ist einfach zu einladend, um nur dran vorbeizurauschen.«

»Was gibt's zu futtern?«, wollte Johann wissen.

Die Mutter warf ihm die Picknickdecke zu, klickte die Verschlüsse der Fahrradtaschen auf und holte eine Box nach der anderen hervor, die sie dem Vater in die Arme stapelte.

Johann konnte sich nicht beschweren. Die Eltern hatten nicht wie sonst nur Kartoffelsalat und Butterbrote mitgenommen. Sondern auch Erdbeeren und eine Wassermelone, einen duftenden Schokoladenkuchen, vier bunt verzierte Minidonuts, Kirsch- und Karamellbonbons, Gummibärchen, Käsecracker, Chips und Eis in einer Kühlbox. Es gab Kaffee aus der Thermoskanne, frisch gepressten Saft und gekühlte Cola. Es gab eingelegte Oliven, gefüllte Weinblätter und kleine Pilze. Es gab Servietten und Zahnstocher und zuallerletzt noch einen Glückskeks für jeden.

»Wir feiern, dass ihr wieder gesund seid! Lasst es euch schmecken!«, rief die Mutter fröhlich, und das taten sie dann auch. Als schließlich keiner mehr auch nur einen Krümel herunterbrachte, brummte der Vater:

»Okay, ihr beiden, und jetzt mal raus mit der Sprache: Was ist eigentlich an eurem Wochenende passiert? Und was ist mit Frau Tossilo los? Sie bringt euch komplett krank nach Hause. Das kann ja mal passieren, aber dass sie sich dann kein einziges Mal rührt, keine Erklärung, nicht einen Ton über euren Zustand verliert, ist wirklich unmöglich! Ich habe sie angerufen, sie ist nicht erreichbar. Ich war viermal bei ihr unten, aber sie macht mir nicht auf.«

Janka sah Johann an, der biss sich auf die Lippe.

»Sie ist, sie ist, sie kann dir auch gar nicht aufmachen, sie wohnt ja gar nicht mehr da«, begann Janka.

»Wie bitte?«, fragte der Vater halb ungläubig, halb belustigt. »Was soll das denn jetzt bedeuten?«

»Na ja, sie wohnt da schon noch«, erklärte Johann hastig. »Frau Tossilo ist ja genauso krank geworden wie wir. Eher gesagt, noch viel kränker. Sie konnte uns gar nicht mehr nach Hause fahren, sondern das hat der, dieser äh, Eugen, der Mann ihrer Schwester, gemacht. Frau Tossilo musste bei der Schwester bleiben, sie hat hier ja niemanden, der sie pflegen könnte. Eugen meinte, dass sie vielleicht sogar ins Krankenhaus muss. Keine Ahnung, ob sie da nun ist.«

»Du liebe Güte, das ist ja schlimm«, meinte die Mutter voller Mitgefühl. Und der Vater, jetzt ganz weich: »Wenn wir das gewusst hätten. Aber wieso lässt euch dieser Eugen ganz allein in der Wohnung? Konnte er nicht mehr auf uns warten? Habt ihr die Nummer von ihm? Keine Sorge, nicht zum Beschweren, ich würde mich einfach gerne bei ihm bedanken und mich gleichzeitig nach Frau Tossilo erkundigen.«

»Die Nummer haben wir leider nicht.« Johann warf Janka abermals einen Blick zu. Beide fühlten sich ziemlich unwohl. So zu lügen war eigentlich nicht ihre Art. Aber dass sie die Nummer von dem ausgedachten Schwager nicht hatten, stimmte ja sogar. Und jetzt waren die Eltern nicht mehr sauer auf Frau Tossilo, und das hatte sie nach allem, was sie mitgemacht hatte, ja auch wirklich nicht verdient.

»Also, dann hoffen wir einfach, dass es Frau Tossilo bald wieder bessergeht und sie nach Hause kommen kann«, meinte der Vater abschließend. »Gibt's jetzt 'ne Runde Frisbee?«

Es gab sie. Die Familie lief zu einer kleinen Wiese und spielte, bis alle noch nass geschwitzter wurden, als sie es ohnehin schon waren.

Zur Erholung gab es dann – obwohl Johann es erst

ziemlich kindisch fand – auch noch Verstecken in allen möglichen Variationen. Alles in allem wurde es ein wunderschöner Tag.

Als es Zeit war, schlafen zu gehen, waren die Geschwister wieder unter sich. Doch erst als Johann im Bett lag und die Leselampe angeknipst hatte und Janka sich ein frisches Nachthemd raussuchte, schlich sich die gedrückte Stimmung wieder in ihr gemeinsames Zimmer.

Johann stieß einen Seufzer aus, und Janka stand vor dem geöffneten Schrank aus weiß lasiertem Kiefernholz und starrte hinein.

»Kannst du dich nicht für das passende Schlafdress entscheiden?«, murmelte Johann. Er hatte gewollt, dass es lustig klang, doch es war ihm nicht gelungen, und Janka bewegte daraufhin nur abwesend den Kopf. Nach einer Weile schloss sie den Schrank, drehte sich um und sah ihrem Bruder lange ins Gesicht.

»Wir müssen es trotzdem versuchen«, flüsterte sie. »Gleich morgen nach der Schule.«

»Was?«

»Na, das Hineinraumen. Du musst uns morgen Nachmittag ins Spiel zurückbringen«, antwortete Janka, setzte sich auf ihre Bettkante und zog die Knie hoch.

»Bist du noch ganz dicht?« Johann fuhr auf. »Wir sind doch gerade erst wieder gesund geworden. So schnell gebe ich mir das Raumen nicht noch mal. Außerdem könnten wir genauso gut nach Kasachstan fliegen. Die Wahrscheinlichkeit, Kurmo und Frau Tossilo dort zu treffen, ist auch nicht geringer.«

»Das glaube ich nicht«, meinte Janka. »Die beiden sind doch nicht dumm. Wo geht man denn hin, wenn man sich – zum Beispiel in einem Gewühl – verloren hat?«

»Keine Ahnung«, brummte Johann. »Man schickt sich eine Nachricht. Fertig.«

»Wenn man keine Nachricht schicken kann, dann geht man natürlich an die Stelle zurück, wo man sich zuletzt gesehen hat. Das weiß doch jeder.«

»Meinetwegen weiß das jeder. Aber ich weiß auch etwas! Nämlich, dass ich nicht gleich noch mal so eine Rückreisetortur brauche! Du etwa?«

Natürlich brauchte Janka den schrecklichen Strudel nicht noch einmal. Vom Schimmelgeschmack und dem Kranksein ganz zu schweigen.

Aber sie mussten Kurmo und Frau Tossilo doch Bescheid geben. Die beiden würden doch sonst glauben, ihnen sei etwas zugestoßen.

Und sie mussten doch auch beratschlagen, wie es nun weiterging. Für alle Ewigkeit konnten Kurmo und Frau Tossilo ja auch nicht im Spiel wohnen bleiben.

»Und wenn wir es erst mal spielen?«, überlegte Janka laut.

»Was spielen?«

»Na, *Secret Silence* natürlich.«

»Warum?« Johann runzelte die Stirn.

»Warum?« Janka stand auf, holte den Laptop von Johanns Schreibtisch und legte ihn ihm auf die Bettdecke. »Das ist doch glasklar! Wenn wir selber nicht hineinkönnen, kann diesen Job vielleicht ein Figürchen für uns übernehmen.«

»Das heißt nicht Figürchen«, knurrte Johann. »Das heißt Avatar oder Spielcharakter.« Er öffnete den Laptop. Aber an seinem Gesicht konnte Janka erkennen, dass er noch nicht ganz verstanden hatte, was sie von ihm wollte.

»Schaffen wir es bis auf den achten Level, können wir doch ganz bequem nachsehen, ob Kurmo und Frau Tossilo an unserem Treffpunkt zwischen den Stelen stehen. Oder ob sie auf dem Berg mit der violetten Spitze sitzen.«

»Janka, du bist ja genial!«, rief Johann und startete das Spiel.

3
Secret Silence

Es bis auf den achten Level zu schaffen war für Johann natürlich kein Problem. Er kannte sämtliche Tricks und Abkürzungen.

Wenig später marschierte also sein »Figürchen«, wie Janka es nannte, in einer braunen Kluft und rotem Umhang in Richtung Pyramidengebirge. Es wanderte durch die Hügel, ohne stehen zu bleiben. Im Stamm eines alten Baumes war ein Symbol eingeritzt. Johann hielt sich nicht damit auf. Er brauchte die Punkte, die es für dieses Rätsel gab, nicht. Er eilte weiter.

Plötzlich wurde der Himmel über den Bergen dunkler. Ein Flackern lief über die Bergkette. Johann machte eine

Pause. Er ließ die Tastatur los. Das hatte er noch nie gesehen. Im nächsten Moment tauchte am Horizont etwas auf. Etwas Weißes, das über die Bergspitzen flog und einen kleinen pinken Punkt auf dem Rücken hatte.

»Jo!!! Das sind sie, das sind sie! Sieh doch!« Janka umgriff den Laptop und ruckelte daran, als wolle sie die Freunde aus dem Bildschirm herausschütteln.

»Krieg dich wieder ein!«, schimpfte Johann. »Du machst noch was kaputt.« Aber er strahlte ebenfalls und beeilte sich, den Braunklüftigen mit großen Sätzen in Richtung weißes Flugobjekt zu bewegen.

»Ruf mal!«, quietschte Janka.

»Kann man doch gar nicht. Das geht doch nur, wenn du in echt drin bist. Außerdem sind sie viel zu weit weg.«

»Dann wink wenigstens!« Janka verwandelte sich in eine Art Ameisenhaufen. Alles an ihr war gleichzeitig in Bewegung. Beinahe hätte sie Johann vom Bett geschubst. »Mach eine Umdrehung und wink gleichzeitig! Das fällt ihnen bestimmt auf.«

»Magst du vielleicht spielen?«, fragte Johann halb im Scherz. Doch anstatt mit *Nein, lieber nicht* zu antworten, holte Janka ihrem Bruder den Laptop sogleich vom Schoß und bearbeitete begeistert die Tastatur.

»Nicht so doll!«, rief Johann.

»Tut mir leid.« Janka gab sich Mühe, den Schwung aus ihren Fingern irgendwo anders hinzuleiten.

Sie wollte am liebsten die ganze Zeit winken und hüpfen, aber Johann wies sie an: »Nimm das Tau da mit, später kommt noch ein Fluss ohne Brücke. Dann brauchst du es zum Hinüberschwingen.«

Janka befolgte brav seinen Rat. Dann geschah etwas, was Johann nicht vorausgesagt hatte: Das weiße Geschöpf veränderte seine Flugbahn.

»Sieh doch, Jo.« Jankas Stimme überschlug sich vor Glück. »Kurmo kommt. Er gleitet auf mich zu.«

Ja, Kurmo kam tatsächlich näher. Bald war er nicht mehr nur als ein weißes Etwas, sondern ganz deutlich als Drache zu erkennen. Und ein wenig später konnten Janka und Johann sogar sehen, dass die Gestalt auf seinem Rücken einen Umhang anhatte und ein Halstuch trug. Pink natürlich.

Janka gluckste. Sie ließ den Braunklüftigen winken und immer wieder an Stellen hochspringen, an denen es wirklich nichts zu überspringen gab.

Johann gluckste ebenfalls und drängte sich dicht an seine Schwester. Jetzt gab es keinen Zweifel mehr. Kurmo und Frau Tossilo hatten sie entdeckt! Und vielleicht sogar erkannt, dass …

»Pass auf, ein Loch!!!«

Doch Johanns Warnung kam zu spät. Der Braunklüftige stürzte ins dunkle Nichts. Ein von Rauschen begleitetes Heulen ertönte. Alle Punkte waren weg. Der Bildschirm wurde schwarz.

GAME OVER.

»Du bist doch echt bescheuert!« Hastig nahm Johann Janka den Laptop ab und startete das Spiel von neuem.

»Es tut mir leid«, flüsterte Janka. Doch Johann legte schon wieder seinen Speedrun hin und hetzte wenig später durch die Level-acht-Hügel, als hätte es das Loch gar nicht gegeben. Von Kurmo war nichts mehr zu sehen. Kein Weiß mehr am Himmel. Nichts flog mehr herum. Auch als der Braunklüftige in der Nähe des blauen Berges mit der violetten Spitze ankam, ließ der Drache sich nicht mehr blicken.

Nur ein hoher Turm, wie ein mahnender Finger, ragte plötzlich hinten am dunstigen Horizont auf.

»Wo kommt der denn her?«, wunderte sich Johann und fuhr sich durch sein zerzaustes Haar. Er hatte in dem Spiel noch nie solch ein Bauwerk gesehen. So düster und irgendwie unheilvoll. *Secret Silence* war ein schönes Spiel, spannend schon, aber auf keinen Fall gruslig. Bis auf die Löcher natürlich.

»Ist doch jetzt egal. Mach mal weiter. Vielleicht warten sie ja bei den Stelen auf uns«, drängelte Janka. Also verließ Johann das Gebirge wieder und eilte über die rötliche Lamellenfläche, die sich hinter dem Gebirge erstreckte. Das dauerte eine ganze Weile, denn auf dieser Strecke gab es keine Abkürzungen mehr. Dafür aber jede Menge Löcher. Aber irgendwann war es so weit. Der Braunklüftige marschierte auf die erste riesige Stele eines wuchtigen verfallenen Bauwerks zu.

»Ich glaub es nicht!« Die Mutter stand im Türrahmen. Mit zusammengekniffenen Augen und zerknittertem Schlafanzug. »Ihr beiden, es ist zwölf Uhr vorbei!«

»Äh, wir …«, begann Janka und zwang sich, ihren Blick nicht wieder auf den Bildschirm huschen zu lassen.

»Wir sind gleich fertig. Nur noch kurz, Mama, okay?«, murmelte Johann.

Hinter einer der Stelen lugte tatsächlich Kurmos weiße Schwanzspitze hervor. Er musste nur noch etwas näher ran.

»Jetzt passt mal auf!« Mit wenigen Schritten war die Mutter bei ihnen. »Ich habe mich jetzt ganze zwei Wochen um euch gekümmert. Ganze zwei Wochen! Glaubt ihr, das war lustig? Den ganzen Tag Krankenpflegerin spielen? Und was macht ihr jetzt? Ihr haut euch die Nacht um die Ohren. Morgen ist Schule, schalt das Ding ab, oder ich raste aus!«

Johann konnte sich nicht rühren. Er wollte nicht, dass die Mutter ausrastete, er wollte sie auch gar nicht ärgern oder traurig machen. Er wollte doch nur ganz kurz noch um die Stele herum und Frau Tossilo und Kurmo ein Zeichen geben.

Die Mutter drückte den Laptop zu. »Wenn du nicht mit dem Ding umgehen kannst, dann kommt er weg! Hast du verstanden?«, sagte sie sehr leise. Und das war schlimmer, als wenn sie weitergeschimpft hätte.

»Ja«, murmelte Johann. Dass der Laptop wegkam, war das Letzte, was sie jetzt brauchen konnten. Er war doch ihre einzige Möglichkeit, mit Frau Tossilo und Kurmo in Kontakt zu kommen. Hastig fügte Janka noch hinzu: »Es tut uns leid, Mama. Wir schlafen jetzt sofort.«

Die Mutter sagte ihnen noch einmal mürrisch gute Nacht, verließ das Zimmer, und Janka und Johann wagten nicht, das Spiel noch einmal zu öffnen. Außerdem waren sie wirklich unglaublich müde. Sie krochen also unter ihre Bettdecken.

»Immerhin wissen wir jetzt, dass es Kurmo und Frau Tossilo gutgeht«, murmelte Janka noch, und Johann antwortete: »Ja, und morgen spielen wir wieder und werden sie treffen, und vielleicht habe ich dann auch eine Idee, wie ›Figürchen‹ ihnen eine Nachricht bringen könnte.«

Dann waren sie eingeschlafen.

4
Ileyor

Am nächsten Tag war der Himmel in *Secret Silence* genauso glasblau, wie er eigentlich jeden Morgen war. Kurmo und Frau Tossilo wanderten auf einem gepflasterten Weg, der durch eine malvenfarbene Wüste führte. Hin und wieder lag die Scherbe eines Krugs oder ein zerbrochenes Wagenrad auf dem Pflaster, sonst aber wies nichts darauf hin, dass hier schon einmal jemand entlanggekommen war. Nach einer Weile hörten die Pflastersteine auf und gingen in einen Trampelpfad über, der sich um ein kleines, ins Rötliche gehende Gebirge herumwandte. Auf der anderen Seite stießen sie wieder auf Pflanzen, der Pfad wurde etwas breiter, und Frau Tossilo und Kurmo folgten ihm durch hüfthohe Gräser. Sie konnten jetzt wieder gut nebeneinander gehen.

»Ich weiß nicht, wie lange wir heute schon unterwegs sind. Lass uns nun endlich wieder zu den Stelen fliegen«, raunte Kurmo.

Frau Tossilo murmelte Unverständliches.

»Oder lass uns zum Pyramidengebirge aufbrechen und vor dem Eingang im lila Berg warten.«

Frau Tossilo schüttelte den Kopf. Der Drache blieb stehen. Erstaunt sahen seine bernsteinumrandeten Augen sie an, doch sie biss sich nur auf die Lippe und ging weiter.

»Vielleicht müssen wir uns damit abfinden, dass Janka und Johann nicht wiederkommen. Dass wir nie, nie wieder etwas von ihnen hören werden«, stieß sie plötzlich hervor und strich mit der Hand durch die Gräser. Sie musste schlucken. »Und das bedeutet ebenfalls, dass wir beide hierbleiben müssen. Für immer. Nicht nur bis deine Haut wieder ganz und heil und kräftig ist und du gegen Black West International kämpfen kannst, sondern bis in alle Ewigkeit.«

»Beruhige dich.« Kurmo hatte Frau Tossilo eingeholt. »Dieser Kerl in der braunen Lederkluft auf der Ebene gestern, vorgestern oder wann auch immer wir ihm begegnet sind, also, er hüpfte und winkte doch so aufgebracht. Mir schien, als habe er uns etwas sagen wollen. Etwas, was uns weiterhelfen könnte.«

»Weshalb hat er sich dann einfach in Luft aufgelöst, als

du zu ihm geflogen bist? Das macht man doch nicht, wenn man jemanden etwas mitteilen will«, gab Frau Tossilo zurück. »Außerdem möchte ich zu gerne wissen – was war das?!«

Ein leichtes Vibrieren ging durch den Boden. Sie fuhren herum. Auf dem Weg eilte jemand entlang. Ein hochgewachsener Dünner mit langem spitzem Kopf und einer Hautfarbe wie Frau Tossilos Ledersofa. Er trug eine Art knittrigen Gehrock, darunter enganliegende schwarze Kleidung und gefährlich spitze Stiefel. In seinen langen dünnen Händen hielt er eine Pergamentrolle, die er konzentriert studierte.

Jetzt sah er auf. Ruckartig blieb er stehen. Misstrauisch. Auch Frau Tossilo drückte sich an Kurmo, der unruhig mit dem Schwanz zuckte. Bisher hatten sie hier ja mit noch niemanden Kontakt gehabt, und beide waren unsicher, wie sie sich jetzt verhalten sollten. Noch lagen gut zwanzig Drachenlängen zwischen ihnen.

»Nachricht«, rief der Fremde ihnen schließlich zu und wagte es, ein wenig näher heranzustaksen. »Ich habe Nachricht für euch.« Seine Stimme hallte eigenartig, als ob er nicht aus dem Mund, sondern aus einem Raumschiff heraus spräche. Kurmo nickte und schritt langsam dem Fremden entgegen. Frau Tossilo folgte dem Drachen.

»Die Königin hat mich beauftragt, die Nachricht sogleich zu verlesen.«

Was für eine Königin?

Sie waren nun so nahe heran, dass sie dem langen Dünnen in die dunklen Augen blicken konnten. Sie wirkten schüchtern und nicht sehr wirklich. Eigentlich waren es nur schwarze Kreise mit einem weißen Punkt darin, und dennoch sprachen sie Frau Tossilo irgendwie an.

»Alle Bewohner von Secret Silence«, begann der lange Dünne nun, und seine dunklen Augen wackelten in seinem langgezogenen Gesicht herum, »alle Bewohner, die momentan nicht in der Abfolge gebraucht werden, werden gebeten, sich umgehend bei den Brunnen in T7 einzufinden!«

»Äh?« Frau Tossilo traute sich noch einen Schritt nach vorne. »Wir äh, wir sind nicht wirklich von ... Wir ...«

»Jeder, der heute nicht in der Abfolge eingeteilt ist, muss sich umgehend zu einem Brunnen in T7 begeben«, erklärte die Raumschiffstimme. »Es herrscht Alarmstufe Rot.«

»Alarmstufe Rot? Aha, nun ...«

»Werdet ihr heute noch in der Abfolge gebraucht?«, wollte der Computerspielbewohner jetzt wissen.

Frau Tossilo und Kurmo blickten sich ratlos an.

»Arbeitet ihr heute noch?«, fragte er geduldig.

»Nun«, raunte der Drache, »wir haben etwas Wichtiges zu erledigen.«

»Wir sind in keiner Abfolge eingeteilt«, erklärte Frau Tossilo. »Heute nicht, morgen nicht und übermorgen auch nicht.«

Daraufhin gab der lange Dünne einen seltsam metallischen Laut von sich, und seine Haut bekam für einen Moment Wellen. »Wie, wie, wie habt ihr das geschafft?«

Frau Tossilo glaubte, in seiner Stimme Bewunderung mitschwingen zu hören.

»Auch ich bin ein Freund der freien Bewegung. Ich gebe sogar zu, dass ich die Abfolge regelrecht verabscheue. Doch so lange wie ihr bin ich ihr bisher noch nicht entkommen. Drei Tage? Ist das euer Ernst? Drei volle Tage wurdet ihr nicht eingeteilt?«

Frau Tossilo und Kurmo begannen, sich ein bisschen unbehaglich zu fühlen. Sie hatten ja noch nicht ganz verstanden, um was es hier eigentlich ging. Der Hochgewachsene sah ihnen das Unwohlsein anscheinend an.

»Verzeiht, ich wollte nicht neugierig sein. Ihr müsst mir natürlich nicht verraten, wie ihr es geschafft habt. Aber falls ihr mir nicht traut, weil ich für die Königin arbeite, so lasst euch versichern, dass ich dies auch tue, weil ich dann während dieser Zeit nicht in die Abfolge muss.«

»Nun ja, wir würden Ihnen schon etwas erzählen«, sagte Frau Tossilo. Sie war neugierig geworden. »Nur wissen wir, ehrlich gesagt, gar nicht, was.«

»Oh.« Der lange Dünne steckte mit einer sehr schnellen Bewegung die Pergamentrolle unter seinen Gehrock, dann schob er die Mundwinkel zu einem Lächeln zurecht. »Wie wäre es, wenn wir unseren Weg nach T7 zusammen beschreiten würden? Auf der Reise könnten wir uns ein wenig austauschen?«

Kurmo fegte mit dem Schwanz über den Weg, so dass Sand aufwirbelte. »Es tut uns leid, aber wir können Sie nicht begleiten, Herr, Herr …?«

»Ileyor. Mein Name ist Ileyor, ohne Herr.«

»Wir können Sie nicht begleiten, Ileyor, denn unser Weg führt uns zum blauen Pyramidengebirge.«

»Zum blauen Pyramidengebirge?«, rief Ileyor irritiert. »Das ist eine ganz andere Richtung. Die Brunnen liegen doch in T7.«

»Wir möchten ja auch nicht nach T7«, raunte Kurmo. »Wir müssen …«

»Wir müssen uns nur noch kurz besprechen«, fiel ihm Frau Tossilo ins Wort. »Gehen Sie doch schon mal voraus, Ileyor. Wir kommen gleich nach.«

»Wie ihr wünscht, aber beeilt euch! Die Königin wartet nicht, und es herrscht Alarmstufe Rot«, antwortete Ileyor. Dann wandte er sich mit unglaublicher Schnelligkeit um und bewegte sich in die Richtung zurück, aus der er gekommen war. Der Boden vibrierte wieder leicht. Das hohe Gras wogte sacht um seine hellen Hände, und bald war er um eine Kurve verschwunden.

»Lass uns nun zügig zu den Stelen fliegen.« Kurmo ließ die Beine einknicken, damit Frau Tossilo endlich auf seinen Rücken klettern konnte, doch sie machte keine Anstalten, dies zu tun.

»Nein! Ich möchte diesem Ileyor folgen«, sagte sie. »Er wirkte nicht unfreundlich, und möglicherweise kann er uns helfen. Jedenfalls kennt er sich hier aus. Vielleicht bringt uns eine Wanderung mit ihm viel mehr, als tagtäglich zwischen den Stelen auszuharren.«

Frau Tossilos Idee war eigentlich gut. Doch für Janka und Johann war sie das rein gar nicht. Denn wenn Frau Tossilo und Kurmo tatsächlich mit Ileyor gingen, würden die Geschwister sie während des *Secret Silence*-Spielens nicht mehr entdecken können.

T7 lag nämlich ganz woanders.

Nicht bei den Stelen, nicht im blauen Pyramidengebirge, nirgends in den Gegenden, durch die man während des Spielens kam.

T7 war ein Landteil, den die Bewohner von *Secret Silence* selbst erschaffen hatten. Niemand aus der Welt, in der Computer existierten, wusste etwas von diesem Land. Niemand aus dieser Welt ahnte, dass Computerspiele sich manchmal innerhalb ihrer selbst weiterentwickelten. Wie aber sollten Janka und Johann noch eine Nachricht übermitteln können, wenn Frau Tossilo und Kurmo in dieses Land entglitten?

Kurmo richtete sich wieder auf.

»Du hast recht«, nickte er. »Wir sollten Ileyor folgen.«

Sie machten also kehrt und eilten dem neuen Bekannten nach. Schon ging der Pfad wieder um den rötlichen Berg herum, schon hatten sie auch wieder den Pflasterweg erreicht, aber der lange dünne Ileyor kam und kam nicht in Sicht

»Das gibt es doch nicht«, fluchte Frau Tossilo. »Wie schnell ist dieser Kerl denn?«

»Wir sollten fliegen. Von oben haben wir einen besseren Überblick«, raunte der Drache.

»Ich habe genug von diesem besseren Überblick. Ich dachte, wir marschieren mit Ileyor durch die Gegend und finden etwas heraus. Und jetzt sollen wir nach ihm suchen, als hätten wir nicht schon genug Suche am Hals.«

Doch da entdeckten sie ihn. Im Schatten eines pilzartigen Gewächses saß er auf einem Felsen. Er starrte in den Himmel hinauf, der im Moment lindgrün flimmerte und mit weißen Bauschewolken durchzogen war.

Frau Tossilo fühlte ein kleines Glücksgefühl in sich aufsteigen. Aber das kam nicht von der Hoffnung, dass sie Janka und Johann nun vielleicht eher finden würden oder dass sie dem Weg aus dem Spiel hinaus vielleicht näher kamen. Nein, das Glücksgefühl kam von Ileyor selbst. Sie hatten einen echten Computerspielbewohner kennengelernt. Das war aufregend. Und sie würden jetzt eine Wanderung mit ihm machen. Das war aufregend und schön.

Die Abenteuerlust packte Frau Tossilo und schüttelte sie und breitete sich bis unter ihre blonden Haarwurzeln aus.

Sie würden herausfinden, was T7 war. Sie würden erfahren, was es mit dieser seltsamen Abfolge auf sich hatte und vielleicht auch, wie sie das Zeitknäuel entwirren könnten.

»Da sind wir also«, rief sie und schenkte Ileyor ihr charmantestes Lächeln.

5
Turm im Spiel

Die Pappeln um das Hochhaus blühten. Der luftige Samenschnee trieb durch die breiten Straßen von Berlin und kam oft auch auf den Balkon des neunten Stocks heraufgeflogen. Dort saß Janka auf einem Klappstuhl an einem Tisch mit Wachstuchtischdecke und pustete gerade wieder eine der weißen Flusen von ihrer Englischhausaufgabe.

Johann saß auf dem Klappstuhl gegenüber und bemerkte die fliegenden Samen nicht. Er befand sich auf dem letzten Level von *Secret Silence.* Kurmo war weder im achten Level noch sonst wo aufgetaucht. Aber den merkwürdigen dunklen Turm hatte Johann wiederentdeckt. Den

Turm im Dunst, der bisher nicht in dem Spiel vorgekommen war.

Eine Reihe gebogener Fenster zierte das Bauwerk kurz vor der Spitze. Dort wehte eine Fahne. Die Fahne war rotschwarz, das konnte Johann deutlich erkennen. Und sie trug ein goldenes Symbol in der Mitte, das konnte er jedoch nur erahnen. Zu dumm, dass der Pfad des Computerspiels nicht in die Richtung dieses Turms ging.

Ich würde zu gerne wissen, was es mit dem Ding auf sich hat, dachte Johann. Auch wenn er weit weg ist, er passt einfach nicht in die Landschaft von *Secret Silence.* Der Turm ist zu düster, und vor allem hat er viel zu viele Details. So fein gemauertes Zeug, das gibt es in *Secret Silence* doch eigentlich gar nicht.

»Hallo Janka, hallo Johann, ich bin wieder da«, hörten sie den Vater mit einem Mal von drinnen.

»Hi Papa«, riefen die beiden zurück.

»Ich habe Limo mitgebracht. Eiskalt. Wollt ihr eine?«

Janka verschwand sogleich in Richtung Küche, um die Erfrischung zu holen und um den Vater richtig zu begrüßen.

Johann zwang sich, den Turm Turm sein zu lassen, und spielte weiter. Er musste Kurmo und Frau Tossilo finden. Aber das Spiel ging zu Ende, ohne dass er die beiden irgendwo entdeckte.

»Orange, Zitrone oder Kirsch?«, kam es von Janka durch die Wohnung.

»Egal«, rief er zurück und klickte sich zu einer Seite, auf der Computer spielende Kids sich austauschten. Vielleicht wusste ja hier jemand über den komischen Turm Bescheid. Aber Fehlanzeige. Hier stand nichts über Türme. Dafür stand hier etwas anderes.

Hey Leute! Ich habe Secret Silence gespielt und mich total gewundert. Was geht da ab? Ich dachte, Drachen gibt es in diesem Spiel gar nicht. Aber jetzt habe ich einen im achten Level entdeckt. (fan-of-secret)

»O nein«, murmelte Johann, dann las er weiter.

Ging mir genauso. Doch das Feature war gleich wieder weg. Habe den Level noch dreimal wiederholt, aber den Drachen nicht wiedergefunden. Soll das überhaupt einer sein? Er ist ja so klein. (Spielgirl)

Natürlich ist das ein weißer Drache! Auch wenn er klein ist, bringt er bestimmt viele Punkte. Ich habe ihn gestern vom achten bis in den zehnten Level verfolgt, leider habe ich ein Loch mal wieder nicht gesehen. Tschüs, und weg war ich. Echt hinterhältig diese Dinger. (DEmil)

»Wenn *ich* das lesen kann, können das die Leute von Black West International auch«, brummte Johann besorgt.

»Black West International?!« Janka war zurückgekommen. Vor Schreck wären ihr beinahe die Limoflaschen aus der Hand gefallen. »Was ist mit Black West?«

»Keine Panik. Erst mal ist noch gar nichts mit Black West. Ich habe nur laut gedacht. Nur wenn die da drin nicht aufhören zu schreiben, dann ist vielleicht irgendwann schon was.« Johann zeigte Janka die Zeilen.

»Die haben Kurmo getroffen!«, rief Janka mit einer Mischung aus Schreck und Eifersucht. »Der eine schreibt sogar, dass er ihn verfolgt hat! Vom achten bis zum zehnten Level! Und wir? Wir haben ihn nur ganz kurz gesehen. Das ist ungerecht.«

»Reg dich ab! Darum geht es doch jetzt gar nicht«, schimpfte Johann. »Es geht um die Gefahr, die solches Geschreibsel mit sich bringt. Black West darf nicht mitbekommen, wo Kurmo sich aufhält.«

»Ehrlich gesagt, glaube ich kaum, dass die sich für Jugendforen interessieren«, gab Janka zurück.

»Ja, das glaubst du, und damit liegst du falsch«, rief Johann.

»Wieso?«

»Weil Black West Computerspiele herstellt und dafür Marktforschung betreibt. Also lesen sie auch in Foren herum, in denen über Computerspiele geschrieben wird. Danke für die Limo.«

Der Klappstuhl knarzte, als Janka sich wieder auf ihm niederließ, und ihre Stirn zog sich in Falten.

»Ich dachte, Black West macht Überwachungszeugs und Biotechnik und so. Das hast du doch mal gesagt.«

»Die machen vieles. Die meisten meiner Computerspiele sind zum Glück von anderen Firmen hergestellt worden«, sagte Johann und öffnete seine Limoflasche.

Janka sah in den Himmel, da kam der Vater auf den Balkon.

»Na du, geht's dir gut?« Er zauste Johann zur Begrüßung das Haar.

»Ganz okay, und dir?«, antwortete Johann und duckte sich unter der Hand weg.

Es klingelte an der Wohnungstür, und der Vater verschwand wieder, um aufzumachen.

»Aber Jo«, nahm Janka den Faden wieder auf. »Auch wenn die Leute von Black West das Zeug in dem Forum lesen, weshalb sollten sie auf die Idee kommen, dass der Drache in *Secret Silence* Kurmo ist? Er sieht dem echten Kurmo doch gar nicht mehr ähnlich. In dem Spiel ist er so weiß wie der Pappelsamenschnee, der hier herumfliegt, und er ist viel, viel kleiner und überhaupt!«

»Ja schon«, murmelte Johann. »Aber in *Secret Silence* gibt es eigentlich keine Drachen. Und jetzt ist da plötzlich einer. Das ist doch auffällig.«

»Selbst wenn sie es merken. Sie können doch nicht in das Spiel rein. Wie das geht, hast schließlich du erfunden und nicht sie.«

»Ja, ich habe es erfunden. Und das heißt, dass es andere

Leute ebenfalls erfinden können. Manchmal wird sogar die gleiche Erfindung gleichzeitig an verschiedenen Orten gemacht. Ohne dass der eine Erfinder irgendetwas vom anderen weiß.« Johann begann zu tippen.

Vorsicht, Leute! Dass der Drache auf eurem Rechner erscheint, könnte bedeuten, dass der neue Virus »Sekkomoid« aktiv ist. Vielleicht das Spiel erst mal nicht mehr nutzen. Der Virus killt sich nach ein paar Monaten selbst. Aber checkt doch mal »The Pitch Stone« aus. Sehr zu empfehlen und meiner Meinung nach genauso lustig wie »Secret Silence«. (jo-man)

»So«, sagte er ein wenig ruhiger. »Hoffentlich hilft das was. Schließlich habe ich in den Foren einen gewissen Ruf. Magst du jetzt eigentlich mal spielen? Wir fangen wieder auf Level eins an. Das dürfte für dich kein Problem sein. Da gibt es ja noch keine Löcher.«

Janka kam nicht dazu zu antworten.

»Hey, Jo! Hi, Janka, alles klar?!«

Ein breitgrinsender, schwarzhaariger Junge in kurzer schwarzer Trainingshose, schwarzem T-Shirt und schwarzer Umhängetasche stand plötzlich in der Balkontür.

»Baran?«, rief Johann gleichermaßen überrascht und erfreut. »Wie kommst du hierher?«

»Durch die Tür.« Baran lachte. »Wir machen Verwandtschaftsbesuch. Meine Tante und mein Onkel sind doch letzte Woche hier in euer Hochhaus in eine Wohnung im dritten Stock gezogen. Unsere Mutter hatte angeordnet, dass wir sie heute besuchen. Glücklicherweise konnte ich mich jetzt absetzen. Dieses Gelaber da immer! Es ist so was von langweilig, immer wird dasselbe von jeder Seite x-mal durchgekaut und dann wieder von vorne. Und was macht ihr hier so?« Er warf einen kurzen Blick auf Johanns Bildschirm und grinste.

»Das ist nicht dein Ernst, oder? *Secret Silence*? Das Babyteil? Spielt ihr nachher auch noch Topfschlagen?«

Johann wurde rot.

»Jo spielt das nur wegen mir«, kam ihm Janka zu Hilfe. »Ich wollte unbedingt lernen, wie man das – ähm – das Baumrätsel auf Level acht löst.«

»Ts.« Baran merkte nicht, dass Johann seiner Schwester ein dankbares Grinsen zuwarf, denn er beugte sich jetzt über das Balkongeländer.

»Coole Aussicht hier. Geht ganz schön tief runter, da wird einem ja fast schwindlig.« Er spuckte einen Bogen und sah der Spucke hinterher. »Was ist eigentlich mit dem Balkon unter euch passiert? Der ist ja total ramponiert.«

Ramponiert? War das passiert, als sie mit Kurmo so überstürzt losgeflogen waren, um Frau Tossilo zu suchen? Das hatten sie noch gar nicht bemerkt.

»Da wohnt gerade keiner mehr«, sagte Janka traurig.

»Na, ein Glück, sonst sitzt der auf seinem Balkon, und der Kaffee fällt ihm runter. Also, Jo, was ist jetzt? Spielst du weiter *Secret Silence*, oder hast du Bock auf was Richtiges? *Tower Fights* zum Beispiel. Das hat mir mein Cousin grade empfohlen. Und ich habe sogar gleich zwei Gutscheinkarten von ihm bekommen.«

Mit einem *Rrrrttt* zog Baran den Reißverschluss seiner Umhängetasche auf und fischte seinen Laptop sowie zwei kleine weiße Plastikkarten hervor.

»*Tower Fights?*« Johann zog die Augenbrauen hoch. »Kenne ich gar nicht.«

»Das ist das neuste Spiel von B. W. Picture Entertainment.«

»Von wem?«, wollte Janka wissen.

»Black West Picture Entertainment. Die machen doch immer richtig gute Sachen«, schwärmte Baran. »*Tower Fights* ist auch wieder sehr cool. Man kann nicht sterben, denn man ist von vorneherein schon tot.«

»Wie angenehm«, sagte Janka.

»Kann ich mal kurz deinen Stuhl haben?«, fragte Baran.

Ein wenig widerwillig stand Janka auf und nahm auf dem breiten metallenen Fenstersims Platz. Baran öffnete seinen Laptop und reichte Johann eine der Gutscheinkarten hinüber.

»Ähm, vielleicht will Jo das Spiel aber gar nicht spielen«, rief Janka und sah ihren Bruder an. Und was machte der? Ohne mit der Wimper zu zucken, nahm er die Karte und begann auch schon, den Code einzugeben. Hatte er eben nicht noch gesagt, er wäre froh, dass die meisten seiner Spiele nicht vom Black-West-International-Konzern hergestellt worden seien? Und jetzt wollte er ausgerechnet dessen neustes Produkt ausprobieren? Janka konnte es nicht fassen.

»Wollen wir mit anderen spielen oder nur wir beide?«, fragte Baran.

»Nur wir«, kam es von Johann.

Die Anfangsmusik erklang. Tiefe Bässe vibrierten in die Nachmittagsluft hinaus.

Die Musik gefällt mir überhaupt nicht, dachte Janka.

Johanns Augen aber begannen voller Erwartung zu leuchten.

6
Tower Fights

Johanns und Barans Kämpfer liefen durch eine dunkle Schlucht. Man sah die Angriffe kaum kommen.

»Gib mir Deckung«, brüllte Johann und kicherte. Die Anspannung, die wegen Kurmo und Frau Tossilo in ihm geherrscht hatte, löste sich endlich auf. Leicht flirrten seine Finger über die Tastatur. Er versuchte, die Schlucht hinaufzuspringen.

»Vergiss es«, rief Baran und haute dem nächsten Angreifer sein Krummschwert auf den Rücken. »Um da raufzukommen, hast du noch nicht genug Sprungkraft!«

Ein Lichtschein fiel aus einer Felsspalte, etwas kam herausgejagt. Es war extrem groß und schwarzglänzend, hatte einen Kopf wie ein riesiger Adlerschnabel, enorme Beine und vier Arme. Und an jedem Arm wuchsen rasiermesserscharfe Klauen.

Johann sprang ihm sogleich ins Genick, und Baran wich aus. Eine Klaue hieb nach ihm, doch Baran war schneller. Schon stach sein Krummschwert zu. Ein Gurgeln ertönte, als die Kraft des schwarzen Angreifers auf Baran überging. Seine Oberarme wurden doppelt so dick.

»Dem hast du's aber gezeigt!« Johann ließ seinen Kämpfer von den Schultern des zusammengesackten Schwarzglänzenden springen. »Los, weiter.«

Janka leerte ihre Limo. Sie konnte nicht nachvollziehen, wie man ernsthaft Spaß an solch einem Spiel haben konnte.

Außerdem ärgerte sie sich. Johann sollte nach Kurmo und Frau Tossilo suchen und nicht in dem bescheuerten Spiel, herausgegeben von Black West International, herumhüpfen und blöden schwarzen Monstern auf den Rücken springen.

Sie glitt von dem Fenstersims herunter, stellte sich hinter ihren Bruder und sagte streng: »Johann! Hör zu!« Aber er hörte nicht.

»Baran, wirf mich mal. Mit deinen Superarmen komme ich bestimmt weit über den Rand der Schlucht.«

Baran tat, wie ihm geheißen, und Johanns Kämpfer schoss in einem Bogen empor. Dort oben wurde es heller. Man konnte auf ein weites Land blicken. Dunkelweinrote Felsen, die oben ein Plateau bildeten, dann ein fast schwarzer Wald, auf dessen höchstem Baum jemand in tannengrünem Kleid kauerte. Der Haltung nach eine Frau. Johann streckte im Flug die Hand aus und bekam sie zu fassen.

»Vielleicht ist das die Elfe der Dämmerung!«, kicherte er. Die Elfe, oder wer auch immer nun da an seiner Hand hing, hatte hüftlanges schwarzes Haar, und ihr langes Kleid flatterte ebenso im Wind wie die dunklen Bänder, die um ihre blassen Arme gewunden waren. Johann hielt sie sehr fest. Er hatte immer noch unglaublichen Schwung.

Auch er hatte im Spiel langes schwarzes Haar. Nicht hüftlang, sondern bis auf die Schultern, und er trug enge schwarze Kleidung, die konnte nicht flattern.

Weiter düsten sie über ein Sumpfgebiet, über einen See, den man sonst wohl nur durch das Springen von Stein zu Stein überqueren konnte, über eine Stadt mit schwarzgemauerten Türmen, und weiter und weiter und weiter und …

… weiß.

Weißer Raum. Leere.

Plötzlich war nichts mehr unter Johanns Kämpfer und der Elfe. Sie fielen.

Sie waren aus dem Spiel hinauskatapultiert worden.

Das Computerspiel hatte nämlich einen Fehler. Kam man mit seinem Spielcharakter zufällig auf solch eine Stelle, konnte einem so etwas passieren. Man fiel dann über einen komplett weißen Bildschirm. Johann hatte schon einige Spiele mit solch einem Fehler gespielt, aber dass er gleich einen in diesem neuen Spiel, herausgegeben von Black West International, gefunden hatte, erfüllte ihn mit Schadenfreude.

Das würde er nachher gleich in den Foren schreiben. Und dann würde er versuchen, die Schwachstelle auszunützen. Vielleicht könnte er dem Konzern sogar ein paar alberne Sachen in sein Spiel hineinprogrammieren.

Sein Kämpfer und die Dämmerungselfe landeten nun auf einem Boden. Eigentlich nur ein schwarzer Strich wie in einem Schreibprogramm. Janka starrte auf den Bildschirm und kaute auf ihrer Unterlippe herum. Es sah komisch aus, wie die beiden Figuren, die so detailliert dargestellt waren, nun über eine leere weiße Seite liefen.

Der schwarze Strich war bald zu Ende. Eine Tür erschien. Es war das Kellergewölbe von Level 65. Dem letzten Level von *Tower Fights.* Die Tür führte direkt in den Haupttower. Johann ließ seinen Kämpfer an der Klinke rütteln. Die Tür ließ sich nicht öffnen. Da trat die Elfe vor ihn, legte die Hand an die Tür, und sie sprang auf.

»Oah Jo, wo bist du hin?!«, rief Baran empört. Sein Avatar musste ja nun allein durch Level eins rennen. »Ich brauch dich! Hier wimmelt es von schrecklichen Kerlen mit schwarzen Hörnern, ich kratz gleich ab!«, rief Baran.

»Du kannst nicht sterben, Baran, du bist doch schon tot«, kicherte Johann. »Ich komme gleich wieder zu dir. Das Spiel hatte einen Fehler. Ich will mich hier nur noch ein bisschen umsehen. Gerade gehe ich mit einer schönen Lady eine ziemlich lange Wendeltreppe hoch. Zum Glück muss ich so was nicht in echt machen, mir würde total schlecht werden.«

»Mach schnell, und komm zurück«, knurrte Baran.

»Oh, was haben wir denn hier?«, murmelte Johann. »Eine runde Halle mit engen gebogenen Fenstern. Die Ornamente im Boden sind bestimmt auch viel Arbeit gewesen. Und die schweren Vorhänge da oben?«

Er steuerte die Treppe weiter hinauf auf zwei blaue Wandbehänge zu. Die Elfe folgte ihm. Johann vermochte den Vorhang nicht zur Seite zu ziehen. Wieder trat die Elfe vor ihn, legte ihre Hand auf den Stoff, und schon gab er den Blick auf den Raum dahinter frei.

Wie gefährliche Tiere, die auf Beute lauerten, sirrten hier drei bläuliche Blitze um einen steinernen Sockel herum. Der war mit hässlichen Fratzen verziert, und auf ihm stand ein funkelnder Kelch. Komplett aus Gold.

Johann wollte sich den Kelch sofort holen, doch er konnte sich ihm nicht nähern. Da half alles Herumhämmern auf den Tasten nichts.

Die Elfe trat abermals vor seinen Avatar und schritt durch die blauen Blitze hindurch, als wären es zahme Riesenschlangen. Sie nahm das goldene Gefäß an sich.

»Was ist das denn für ein Level? Kann ich hier jetzt gar nichts mehr machen, oder wie? Können hier nur weibliche Wesen was ausrichten?«, maulte Johann.

Die Elfe war wieder aus dem Bannkreis der Blitze herausgetreten und reichte seinem Kämpfer den goldenen Kelch.

»Jetzt bin ich ja mal gespannt, was ich für Kräfte bekommen werde«, murmelte Johann und trank. Ein tiefer Ton ertönte. Johann wartete. Der Ton verklang. Johann wartete immer noch. Nichts geschah. Er ließ sich probehalber springen und umdrehen und einen Ausfallschritt machen, aber die Bewegungen waren weder schneller noch kraftvoller, noch sonst was. Die Elfe nahm ihm den Kelch ab und stellte ihn zurück in den sirrenden Bann. Dann zwängte sie sich durch eines der engen Fenster und flog einfach davon.

»Komisch«, murrte Johann. »Da muss doch noch was kommen. Was soll das sonst? Ein Riesenbrimborium um den goldenen Kelch und dann rein gar kein Effekt.«

Baran sah kurz von seinem Laptop auf.

»Du hast aus einem goldenen Kelch getrunken? In einem Turmzimmer etwa? Mit blauen Blitzen vielleicht?«

»Richtig«, nickte Johann.

»Oah Jo, natürlich hat der keinen Effekt bei dir. Du hast das Spiel ja auch gar nicht richtig gespielt. Du bist ohne zu kämpfen über eine weiße Seite gerannt. Du hast dir keinerlei Verletzung zugezogen. Und genau dafür ist der Trank aus dem Kelch da, hat mir mein Cousin erklärt. Das ist ein Reset-Jack. Für Verletzungen, Verwünschungen und Flüche. Oder eher gesagt, gegen solch ein Zeug.«

»Ach so, ein Heilungstrank.« Johann war ein wenig enttäuscht.

»Nee, der Reset-Jack ist ein Ist-nie-geschehen-Trank«, ereiferte sich Baran. »Verletzungen, Verwünschungen und Flüche verschwinden, aber sie heilen nicht. Sie sind einfach nie geschehen.«

»Und was ist da der Unterschied, so rein vom Ergebnis her?«

»Johann«, drang Jankas Stimme nun zu ihm durch. »Johann, wie lange willst du dieses Spiel spielen? Wir wollten doch eigentlich *Secret Silence* durchsuchen.«

»Lass mich, und nerv nicht so«, zischte Johann.

»Aber …«

»Halt die Klappe!«

»Bring den Kelch doch mit rüber«, rief Baran begeistert.

»Geht nicht. Der steht schon wieder im Bannkreis, und die Elfe ist weg.«

»Egal, wichtig ist, dass du jetzt endlich kommst. Im ersten Level braucht man keine weiblichen Wesen, um etwas ausrichten zu können. Hier kannst du dich mit Eisenkeulen austoben. Und zu zweit machen wir hier alle rapp-zapp fertig. Los jetzt.« Dann hielt er kurz inne und verzog seinen Mund zu einem Grinsen. »Wobei? Will ich eigentlich noch einen Kampfbruder, der sich mit einer Elfe in einen Turm verkriecht?!«

»Ist ja gut, ich bin doch schon unterwegs.« Johann steuerte zur Wendeltreppe. Die blauen Blitze sirrten immer noch.

»Reset-Jack«, murmelte er vor sich hin. »Wenn wir den in echt hätten, dann wäre Kurmo erlöst.«

»Quatsch nicht rum! Komm jetzt endlich!«, drängte Baran.

Gerne wäre Johann noch in dem Turmzimmer geblieben, aber er wollte seinen Freund nicht verärgern.

Erst als Baran schon lange wieder nach Hause gegangen war, kroch eine Ahnung durch Johann hindurch. Er vermochte sie nicht richtig zu fassen. Sie hatte etwas mit dem Reset-Jack-Kelch zu tun, ganz klar. Aber sie hatte auch mit der runden Halle im Turm zu tun. Mit den engen gebogenen Fenstern dort. Die hatte er doch schon mal irgendwo gesehen. Vorher. Bevor er überhaupt etwas von *Tower Fights* gewusst hatte.

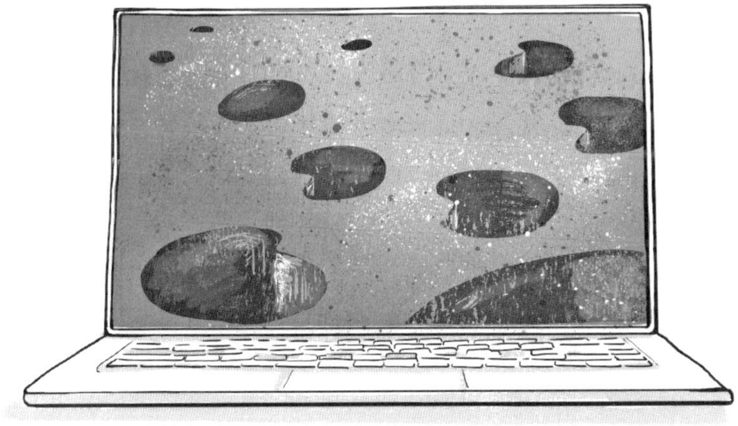

7
Die Versammlung

»Willkommen in T7!«, rief Ileyor, und seine Raumschiffstimme hallte über die Ebene. Frau Tossilo, Kurmo und er standen auf einem Hügel mit vertrocknetem Gebüsch und blickten auf das Land, das sich unter ihnen erstreckte.

T7 war so öde wie sein Name. Eine helle Geröllfläche zog sich weit in die Ferne, wo sie in dichter gelber Luft verschwamm. Die einzige Abwechslung waren die vielen Brunnen, die in regelmäßigen Abständen aus dem Geröll herausragten.

»Und wo ist nun diese Versammlung?« Frau Tossilo hatte keine Lust mehr, noch weiter herumzulaufen. Das Wandern im Computerland war zwar nicht anstrengend, aber die Gegend hier war entsetzlich langweilig. Eine richtige Nichtgegend sogar.

»Die Versammlung ist hier«, antwortete Ileyor und wies mit seiner Hand über die Ebene.

»Aha«, meinte Frau Tossilo. »Sehr zahlreich scheint sie nicht besucht zu sein.« Die Geröllfläche war komplett leer.

»Abwarten!«, sagte Ileyor.

»Abwarten? Ich dachte es herrscht Alarmstufe Rot?«

Doch dann besann Frau Tossilo sich. Sie wollte nicht unhöflich sein, und außerdem war hier schließlich vieles ungewöhnlich.

Ileyor hatte ihnen auf dem Weg seine Arbeit in der Abfolge erklärt. Die Abfolge, das hatte Frau Tossilo nun verstanden, war der Weg durch das Computerspiel. Der musste für die Menschen, die das Spiel spielten, abwechslungsreich gestaltet werden.

Ileyor schien jedoch nicht zu wissen, dass er in einem Spiel lebte und arbeitete. Er wusste auch nicht, was ein Computer war. Er wusste nur, dass seine Arbeit sehr, sehr wichtig sein musste, denn das Leben der Helden – so nannte er die Avatare – hing ja davon ab.

Ileyors Aufgabe bestand darin, hinter einem Baumstamm auszuharren, manchmal ziemlich lange, bis eben ein Held vorbeilief. Die Helden trugen immer einen roten Umhang und eine braune Lederkluft mit knielangen Hosen. Kam einer hinter den Baum, musste Ileyor ihm eine Pergamentrolle reichen. Manchmal wartete und wartete er, bis jemand vorüberkam, manchmal eilten Helden in dichter Folge und auch gleichzeitig heran. Zum Glück gab es ihn mehrmals.

»Es gibt Sie mehrmals?« Frau Tossilo hatte ihn irritiert angesehen.

»Selbstverständlich.«

»Wie, wie oft denn, wenn ich fragen darf?«

»Ach, nur so an die tausendmal. Das ist pixelsparend«, hatte Ileyor geantwortet. »Wenn ich mit der Arbeit nicht nachkomme, werde ich durch den Spiegel geschickt.«

Kurmos Augen hatten sich geweitet. »Du wirst durch einen Spiegel geschickt? Wo wirst du hingeschickt?«

»Nirgends. Nur gespiegelt. Wassertechnik. So können beliebig viele Helden ihre Reise antreten. Mit Wassertechnik können wir sie alle bewältigen. Und die Helden bemerken nicht einmal, ob es sich um mich, meine Version oder um mein Spiegelbild handelt. Sie scheinen nicht sehr schlau zu sein.«

Frau Tossilo hatte sich am Kopf gekratzt. Sie hatte überlegt, wer denn jetzt nicht sehr schlau war. Die Lederkluftavatare, die durch das Computerspiel liefen, oder die Menschen vor dem Bildschirm, die die Avatare steuerten?

Und dann hatte sie sich gefragt, was denn eigentlich der Unterschied war zwischen einer Figur auf dem Bildschirm, ihrer Kopie oder ihrem Spiegelbild? Sie hatte ihre Gedanken jedoch für sich behalten, denn auf keinen Fall wollte sie, dass Ileyor *sie* für »nicht sehr schlau« hielt.

»Wo befindet sich denn dieser Spiegel?«, fragte Kurmo jetzt, und sein Schwanz wischte über den glatten Boden der Anhöhe. »Wir haben gestern oder vorgestern, oder wann es auch gewesen ist, ein Gesicht im Wasser gesehen. Ein Gesicht von jemanden, der uns sehr wichtig ist. Als wir näher kamen, war jedoch niemand zu sehen. Weder im Wasser noch sonst wo. Kann es sein, dass dieses Gesicht etwas mit diesem Spiegel zu tun hat?«

Ileyor wackelte leicht mit seinen schwarzen kreisförmigen Augen und mit seinem länglichen Kopf.

»Ich glaube nicht. Allerdings ist die Wassertechnik ein Verfahren, das einen immer wieder überrascht.«

Ein ohrenbetäubendes Geräusch ertönte. Ein Rollen und Brausen. Als ob viele runde Steine, von starkem Wind getrieben, durch einen engen Tunnel rasten und ständig aneinanderstießen. Wackeln erfasste die Geröllebene, und im nächsten Moment begann es, aus den T7-Brunnen zu sprudeln. Kein Wasser, sondern weißes Licht.

»Was, was passiert hier?«, brüllte Frau Tossilo gegen das Brausen an. Sie hatte noch nie flüssiges Licht gesehen. Ileyor aber antwortete nicht mehr. Er rannte los, hinunter zu den Brunnen.

Mit dem Licht wurden dort Massen an Geschöpfen herausgespült.

Leute, Tiere, Sachen. Zweibeinig, mehrbeinig, mit Flügeln, mit Krallen oder mit Spitzohren. Leuchtgestalten, Nebelwesen, Pflanzen, die gehen konnten. Eine fledermausartige Kreatur überholte etwas Fischhaftes, das aufrecht auf seiner Schwanzflosse rannte. Eine Holztruhe schlitterte heran, klappte auf und verströmte phosphoreszierende Fäden über zwei Köpfen aus Stein. Die rollten jetzt durch das Geröll und spuckten Schwärme von Glühwürmchen aus. Schwarze Schattenbäume mit sehnigen Wurzeln schlugen nach einer Gruppe dürrer, graugekleideter Herren mit Umhängen, die darüber kehlig zeterten. Aus ihren Nasen waberte Nebel.

Die Brunnen sprudelten und sprudelten. Gestalten, die genauso aussahen wie Ileyor, wurden herausgeschleudert, und das mehrfach hintereinander.

Jetzt flog eine Schar kleiner Zettel über all das hinweg. Sie hinterließen eine Spur von Symbolen und kryptischen Zeichen in der Luft, die aber gleich wieder verblassten. Eine grüne Frau mit drei zittrigen Zacken anstatt eines Gesichts duckte sich vor einem der verblassenden Zeichen und sprang im nächsten Moment grell kreischend zur Seite.

Dort, wo die Frau eben noch gestanden hatte, entstand ein dunkles Loch im Boden.

»Das ist unverantwortlich!« Die Frau musste erneut springen, denn auch zu ihrer linken Seite riss nun ein Loch seinen Schlund auf. Mit einem Mal tauchten überall dunkle Löcher auf. Bald war der Boden von T7 mit schwarzen Öffnungen übersät, und die vielen Gestalten und Kreaturen sprangen, sofern sie nicht fliegen konnten, zur Seite, wichen aus oder drängten sich dicht aneinander.

Frau Tossilo sah, wie Ileyor hinter einem grauen Umhangherr Zuflucht suchte.

»Das ist unverantwortlich!«, schimpfte die grüne Frau mit dem Zackengesicht erneut. »Man sollte keine Versammlung einberufen und die Löcher dazu einladen.« Sie machte einen großen Schritt über das Loch, das soeben vor ihr entstand, und ihre Zacken zitterten vor Empörung und Ekel.

»Die Löcher sind Teil unserer Welt!«, erklang da eine schwebende, körperlose Stimme. Die Stimme kam aus der Luft. Sie war hell und ein wenig rau, und – das hörte man deutlich – sie verfügte über uneingeschränkte Autorität. Wie ein riesiger Schirm spannte sich diese Autorität über die Ebene.

Die Brunnen begannen wieder zu brausen, diesmal nicht rollend, sondern feiner, beinahe lieblich. Das weiße Licht wurde zu einem schmalen Strahl, und in ihm erschien eine mädchenhafte Gestalt. Sie war, wie Ileyor, langgezogen und feingliedrig, aber klein, und sie trug ein leichtes, helles Kleid. Ihre Haut war beinahe durchscheinend, die Augen aber dunkel – vielleicht brombeerfarben – und die Haare kurz und dunkelbraun. Sie wuchsen in dreieckigen Büscheln rings um den Kopf, so dass es aussah, als trüge sie eine dunkle Krone.

Durch die Menge waberte ehrfürchtiges Gemurmel.

»Die Königin.«

»Seid gegrüßt, Bewohner von Secret Silence. Mögen die

Löcher sich bitte ineinanderstapeln, damit alle in Frieden der Versammlung beiwohnen können.«

Kaum hatte die zierliche Königin darum gebeten, verschwanden die dunklen Öffnungen wieder aus dem Geröll. Es war, als würden sie trocknen. Nur ein einziges Loch blieb zurück. Es sah genauso groß aus wie zuvor, auch wenn es jetzt all seine Verwandten in sich beherbergen musste.

Vielleicht, dachte Frau Tossilo, und ein Schauer lief ihr den Rücken hinunter. Vielleicht sind Janka und Johann ja solch einem Loch begegnet, als sie wieder ins Spiel kommen wollten. Sie legte Kurmo die Hand auf die Flanke, um sich an seiner Ruhe zu stärken und nicht wieder in ihre Befürchtungen hineinzurutschen.

»Einwohner unseres geliebten Secret Silence. Wie ihr wisst, herrscht Alarm! Wir haben diese Versammlung einberufen, denn unser Land schwebt möglicherweise in Gefahr!«, wandte sich die zarte Königin an das Volk. Wieder ging ein Murmeln durch die Menge. Diesmal ein aufgeregtes.

»Eine Gefahr von nicht vorhersehbarer Wirkung. Ich möchte euch nicht absichtlich in Schrecken versetzen, doch ich muss euch mitteilen …«, aus ihren Haarecken sprühten plötzlich dunkle Funken, »dass an einer unserer Grenzen im Gebirge Pixelfraß stattgefunden hat. Die Grenze ist durchlässig geworden. Jemand ist in unser Land eingedrungen!«

Die Menge schrie erschrocken auf.

»Eindringlinge!«

Die Sonne flackerte. Köpfe zuckten hin und her. »Eindringlinge! Gefährliche Eindringlinge!«

Wogende Panik entstand.

Frau Tossilo und Kurmo zogen sich hastig hinter das Gebüsch zurück. Durch die ausgedörrten Blätter konnten sie sehen, dass auch Ileyor schrie. Zwar hörten sie ihn nicht einzeln heraus, doch sie sahen seinen vor Schreck aufgerissenen Mund und auch dass sein ganzer Körper bebte.

Plötzlich verstummte er und wandte seinen spitzen Kopf ungeheuer schnell in ihre Richtung. Sein Blick hetzte suchend über die Anhöhe und bohrte sich schließlich durch das Gebüsch. Frau Tossilo kam es so vor, als würde sich etwas in ihren Kopf hereintasten. Eine stumme und ungläubige Frage zeichnete sich auf Ileyors Lippen ab.

Ihr? Ihr seid diese Eindringlinge?

Kurmo blieb gelassen. Aber Frau Tossilo wurde traurig. Eindringlinge. Sie wollte doch kein Eindringling sein. Sie wollte niemanden in Angst und Schrecken versetzen, sie waren nur geflohen, hatten sich hierher gerettet vor Black West International. Ihr Leben war doch bedroht gewesen.

»Wir werden gemeinsam beratschlagen, wie wir nun vorgehen«, versuchte die Königin, die Menge wieder zu beruhigen.

Nach einer Weile rief einer der grauen Umhangherren:

»Als Erstes müssen wir den Pixelfraß in den Griff bekommen, sonst werden es noch mehr!«

»Unsere Technik arbeitet bereits daran«, antwortete die Königin.

»Wir könnten die Helden um Hilfe bitten. Sie sind sehr geübt im Bewältigen von Gefahren«, schlug eine peitschende Stimme vor. Alle Köpfe wandten sich dem Schattenbaum zu.

»Ha! Die Helden werden uns nicht helfen. Die denken doch nur an die Abfolge. Anderes interessiert die nicht«, rief die grüne Frau mit dem Zackengesicht. »Aber wozu haben wir die Löcher? Lassen wir sie doch das Problem in Angriff nehmen.«

»Ja«, stimmten die grauen Umhangherren sogleich zu. »Das ist eine saubere Lösung. Die Löcher sind schnell, und ihr Hunger ist grenzenlos.«

»Wir hetzen die Eindringlinge hinein!«, schrie die Zackengesichtige. »Sie werden sehr schnell bereuen, zu uns gekommen zu sein. Und wenn sich das erst einmal herumspricht, dann werden auch keine Eindringlinge mehr nachkommen.«

Wie Insektengift stäubte diese Idee durch die Menge. Erst wurde die Zustimmung nur gemurmelt, dann deutlich ausgesprochen und schließlich laut herausgebrüllt. Nicht alle waren in das Gebrüll mit eingefallen. Ileyor zum Beispiel nicht, aber in dem Tumult war das nicht recht zu bemerken.

»Steig auf«, raunte Kurmo. »Wir verschwinden. Von diesem Ort und hoffentlich auch bald wieder aus dem Spiel.«

Schnell kletterte Frau Tossilo auf den Drachenrücken.

Da hob die Königin die Hand.

»Ich bin mir nicht sicher, ob ihr wisst, was ein Loch bedeutet. Nichts findet dort mehr statt. Keine Bewegung. Kein Licht. Weder Gedanken noch Entwicklung. Nichts. In ihm herrscht die absolute Langeweile, in der sich niemals etwas verändern kann. Niemals! Ein Loch birgt die endgültige Abwesenheit von allem!«

Sie blickte rundherum über die Menge. »Und nun, Einwohner von Secret Silence, frage ich euch. Wem wünscht ihr so etwas?«

Getuscheltes »Eigentlich keinem …« war zu vernehmen. Und auch »Na ja, meinem Nachbarn vielleicht schon …«

»Wem wünscht ihr dies von Herzen?«, setzte die Königin unerbittlich nach. »Wem?«

Es wurde leise. Niemand wagte, etwas zu sagen. Nur ein paar violette Schwaden bewegten sich sacht über die Köpfe der Computerspielbewohner hinweg.

Angespannt holte Frau Tossilo Luft. Kurmo zögerte mit dem Abflug. Plötzlich stieg Ileyor aus der Menge empor und kletterte auf den Rand eines Brunnens.

»Ihr wisst doch gar nicht, wer diese Eindringlinge sind.« Seine Raumschiffstimme zitterte ein bisschen, und seine Hände hielten sich an seinem Gehrock fest.

»Wir …« Fast zeitgleich erschien ein weiterer Ileyor auf einem weiteren Brunnenrand und rief ebenso raumschiffhaft, jedoch nicht mehr zittrig. »Wir sollten uns erst ein Bild von ihnen machen.«

Auf jedem einzelnen Brunnen stand nun Ileyor und sprach. Mit der Zeit wurde er mutiger, und das Echo seiner Stimme hallte laut über die öde Ebene.

»Wir sollten sie kennenlernen, herausfinden, was sie brauchen, und dann entscheiden, was wir tun. Und vor allem …« Er hielt kurz inne, ließ seinen Gehrock los und richtete seine Handflächen nach oben. »Vor allem sollten wir, wenn etwas Neues passiert, nicht immer so viel Angst haben.«

Nicht immer so viel Angst haben, nicht immer so viel Angst, nicht so viel Angst …

Das Echo verklang. Die Kraft aus Ileyors Worten aber blieb. Bewegung kam auf. Viele begannen, Ileyor zuzustimmen. Erst kennenlernen, dann entscheiden, gute Idee. Nicht so viel Angst haben, auch gute Idee. Noch besser wäre, gar keine Angst mehr, auch nicht vor den verfluchten Löchern.

Die Computerspielbewohner von *Secret Silence* hatten nämlich meist vor allem, was neu war, ziemliche Angst. Sie hatten innerhalb ihrer Abfolge wenig Freiheit, Neues geschah nicht oft, so dass sie den Umgang mit Neuem nicht wirklich lernen konnten.

»Ileyor, hab Dank für deine Worte!«, rief die Königin

nun, nickte ihm zu und hob die Hand, und die angestiegene Unruhe ebbte langsam wieder ab. »Lasst es uns also beschließen«, fuhr sie fort. »Wer auf die Eindringlinge stößt, ist verpflichtet, sie umgehend nach T7 zu bringen! Wir werden sie kennenlernen!«

Alle nickten oder brummelten zustimmend. Sogar die murrende Zackengesichtige und die graugekleideten Herren in den Umhängen schienen einverstanden zu sein.

8
Eindringlinge

Am Samstag, eine Woche später – Janka und Johann hatten Kurmo und Frau Tossilo immer noch nicht wieder entdeckt – wachte Janka mitten in der Nacht auf, schweißgebadet. Im Zimmer war es drückend, aber das war nicht der Grund. Janka hatte schlecht geträumt. Von Kurmo und dass sie auf ihm geflogen war. Sie hatte von seinem Rücken springen müssen, war auf einem Mauervorsprung gelandet und in das ziemlich enge Fenster eines Turmes geklettert. Aber als sie im Turminneren angekommen war, wollte und wollte ihr nicht mehr einfallen, weshalb sie hierhergekommen war.

»Kurmo, warum bin ich hier?«, hatte sie nach draußen

gerufen, doch ihre Frage war ins Leere gefallen. Der Drache war nicht mehr da. In der Luft gähnte ein dunkles Loch.

Nur ein Traum, ein dummer Traum, beruhigte sich Janka jetzt und lauschte auf Johanns gleichmäßigen Atem, der von seiner Seite des Zimmers zu ihr herüberkam.

Leise schwang sie die Füße aus dem Bett. Sie wollte kurz aufstehen und sich das schweißnasse Gesicht waschen. Aber sie konnte nicht. Das passierte ihr in den letzten Tagen öfter. Ihre Kraft verließ sie einfach. Nicht nur beim Aufstehen, sondern auch gestern bei der Zirkusstunde. Als sie am Vertikaltuch in die Zeltkuppel hatte emporklettern wollen, hatten ihr die Muskeln so gezittert, dass ihre Freundin Lenya gemeint hatte: »Du musst mehr trainieren, Janka. Sonst lachen uns die anderen Zirkusgruppen beim Jugendtreff in Griechenland doch total aus.«

»Ja, ja«, hatte Janka gemurmelt.

»Du zitterst ja richtig. Ist dir trotz der Hitze kalt? Oder hast du heute noch nichts gegessen? Was ist los?«

»Ich bin irgendwie k. o.«, hatte Janka verunsichert geantwortet, das Tuch losgelassen und dann eine lange Pause am Rand der Manege gemacht. Lenya hatte sie getröstet, und irgendwann war es dann auch wieder gegangen, und sie hatte sich nichts weiter dabei gedacht.

Na gut, dachte sie auch jetzt. Dann schlafe ich eben weiter, ohne mir das Gesicht zu waschen.

Sie fiel ins Kissen zurück, schlief bis zum nächsten Morgen und hatte den nächtlichen Schwächeanfall schon wieder vergessen. Den ganzen Vormittag über ging es ihr gut.

Vergessen hatte sie auch, dass sie am frühen Nachmittag verabredet war. Mit Marlon. Es war keine wirkliche Verabredung, sondern eher ein Arbeitstreffen für die Schule. Sie mussten zusammen einen Vortrag über den Amazonas halten, und heute Nachmittag wollten sie sich vorbereiten.

Jetzt saß Janka in ihrem Zimmer und dehnte sich. Sie schwitzte. Wie hell und heiß es heute wieder war. Johann saß an seinem Schreibtisch. Er schwitzte auch, seine Haaransätze waren schon ganz nass, und er murmelte stetig vor sich hin.

»Reset-Jack. Wir bräuchten den Reset-Jack. Wenn ich doch nur ein komplizierteres Programm schreiben könnte ...« Ärgerlich sah er auf. »Kannst du dich vielleicht mal ins Wohnzimmer verkrümeln? Ich bin gerade dabei, etwas herauszufinden, und dein Gehampel ist dafür nicht sonderlich förderlich. Ich brauche Ruhe!«

»Ich wollte sowieso runter in Frau Tossilos Wohnung und ihren Gummibaum gießen«, gab Janka schnippisch zurück und verließ das Zimmer und die Wohnung.

Im Hausflur machte es *Pling*, der Fahrstuhl öffnete sich, und Marlon trat heraus. Er hatte sich seine Brille ins Haar geschoben und rieb sich gerade etwas aus dem Auge.

»Was machst du denn hier?«, wunderte sich Janka. Marlon blinzelte sie an.

»O nein, unser Amazonasvortrag! Den machen wir ja

heute, Mist, vergessen, tut mir leid«, rief Janka und schlug sich dabei an die Stirn. »Wir können gleich damit anfangen. Ich gehe nur noch schnell zu unserer Nachbarin runter. Sie ist nämlich, ähm, verreist, und ich muss ihre Blumen gießen, kommst du kurz mit?«

»Klar.« Marlon zog sich seine Brille wieder auf die Nase und folgte Janka nach unten.

Es war seltsam, in der verwaisten Wohnung Wasser aus der Küche zu holen und den einsamen Gummibaum zu tränken. Und es war traurig. Auf dem Flauscheteppich lag immer noch das kleine Kristalleinhorn. Das hatte Johann ja eigentlich in das Spiel hineinraumen wollen, aber dann war alles so anders gekommen. Janka hob es auf, da kam ihr eine Idee.

Das Einhorn könnte unser Bote sein. Johann raumt es ins Spiel, und Frau Tossilo und Kurmo werden es am Eingang im Berg mit der violetten Spitze finden. Dann wissen sie, dass wir noch leben, Kurmo wird warten, da bin ich mir sicher, und dann können …

Es klingelte an der Wohnungstür.

»Echt jetzt, Johann, erst wirfst du mich hochkant aus dem Zimmer, und dann kommst du mir gleich hinterher«, murrte Janka und eilte an Marlon vorbei in den Flur. Sie wollte schon die Tür öffnen, aber dann sah sie doch durch den Spion.

Im Neonlicht des Hausflurs stand nicht Johann. Eine

Frau stand dort, sehr bleich und schwarzgekleidet, und neben ihr ein zierlicher Mann in abgetragener brauner Jacke und mit dunklen, weit auseinanderstehenden Augen. Sherpa Sarvas!

Jankas Blut rauschte aus ihrem Kopf. Sie schnappte nach Luft. Sherpa Sarvas war der Mensch, der für Black West International das Drachenei organisiert hatte, der merkwürdige Mann, den Johann und sie auf dem Felsenplateau gesehen hatten.

»Machst du nicht auf?«, fragte Marlon.

Sie fuhr herum, den Zeigefinger an die Lippen gepresst. Auf Zehenspitzen bewegte sie sich von der Tür weg. Sie winkte Marlon, ihr in Frau Tossilos Schlafzimmer zu folgen.

Kaum waren sie dort angekommen, fuhr ein Schlüssel ins Schloss.

Marlon sah Janka erschrocken an. Was ist hier los? Wer ist das?, schienen seine Augen zu fragen.

Fast lautlos ließ Janka die Schiebetür des Spiegelschranks aufgleiten und zog Marlon mit sich. Hinein zwischen Frau Tossilos Kleider. Sie schloss die Tür.

»Ich verstehe wirklich nicht …«

Janka kannte die merkwürdig tonlose Stimme, die da sprach, nicht. Aber Frau Tossilo hätte sie wiedererkannt. Sie gehörte der Frau aus dem Hubschrauber, die bei ihrer Entführung geholfen und deren Silhouette so seltsam gewackelt hatte.

»Ich verstehe wirklich nicht, was du dir davon versprichst, hier herumzuschnüffeln.«

»Das habe ich dir doch schon erklärt. Ich verspreche mir einen Hinweis«, antwortete die weiche Sing-Sang-Stimme von Sherpa Sarvas.

»So?«

»Der Hinweis, wie der Drache ausfindig gemacht werden kann, befindet sich hier. Da bin ich mir ziemlich sicher. Er kann schließlich nicht vom Erdboden verschluckt worden sein.«

Schritte waren zu hören, dann fiel etwas um. Die Tür des Küchenschranks quietschte. Ein Bonbonpapier wurde auseinandergezogen.

»Kannst du mal aufhören, andauernd diese Himbeerdinger in dich hineinzustopfen?«, fragte die Frau unwirsch.

»Die Bonbons erinnern mich an unsere Kindheit«, gab Sherpa Sarvas zurück.

»Ich will mich nicht mehr daran erinnern. Was bringt das denn noch?«, schnaubte die Frau.

»Ach Jigme, es bringt …«

»Eigentlich will ich es gar nicht wissen.«

Die Schritte näherten sich nun dem Schlafzimmer. Janka und Marlon wagten kaum mehr zu atmen. Was, wenn Sherpa Sarvas oder diese Frau die Schiebetür aufmachten? Jetzt klang Sarvas' Stimme ganz nah, so als stünde er direkt vor dem Schrank.

»Seit ich miterlebt habe, wie der Drache wie tot auf dem

Plateau lag und seine Hülle hinter sich ließ, seitdem ich das miterlebt habe, schwimmen in meinem Kopf plötzlich ganz konkrete Kindheitserinnerungen herum. Wie wir in den Hütten bei den Frauen gelernt haben. Wie ich mir an einem Strauch die Wange blutig gerissen habe, wie unsere Mutter uns das erste Mal diese Bonbons kaufte. Du weißt schon, nachdem wir umgezogen waren. Und ich muss sagen, das ist irgendwie schön, sich so zu erinnern.«

»Schön. Aha«, bellte die Frau abfällig. »Jetzt hilf mir mal, die Matratze anzuheben, vielleicht ist dein Hinweis ja unter dem Lattenrost.«

Die beiden schienen sich an Frau Tossilos Bett zu schaffen zu machen. Plötzlich schrie Sarvas auf.

»Meine Hand.«

»Reiß dich zusammen! Das ist eine Matratze und kein Klavier! Die wirst du wohl noch heben können.«

»Der Drache hat mich doch am Handgelenk verletzt. Es heilt und heilt nicht. Ich kann es nicht mehr richtig belasten.«

»Da wüsste ich eine passende Medizin für dich«, spottete die Frau.

»Ach ja?«, stieß Sherpa Sarvas hervor.

»Lass dich einfach noch einmal in ein Spiel schicken. Dort gibt es doch alle möglichen Heilungsmöglichkeiten.«

»Ich kann nicht noch einmal in ein Spiel. Ich würde die Rückreise nicht mehr überleben. Das letzte Mal war es schon extrem knapp.«

Was hatten die beiden da gerade gesagt?

Janka schlug sich die Hand auf den Mund, mit der anderen krallte sie sich in Frau Tossilos rosa Bluse. In ein Spiel schicken? Die Rückreise nicht mehr überleben?

Ihr Herz begann so heftig zu klopfen, dass sie Angst hatte, Sherpa Sarvas und die Frau könnten es hören.

Waren die beiden etwa auch in einem Computerspiel gewesen? Aber Johann hatte das Hineinraumen erfunden, wie konnten sie dann … Doch dann fiel Janka wieder ein, was Johann neulich gesagt hatte. Die gleiche Erfindung wird manchmal von mehreren Leuten gemacht. Ohne dass der eine Erfinder etwas vom anderen weiß.

»Die Rückreisen habe ich ja eigentlich immer ganz gut weggesteckt.«

Das war wieder die Stimme der Frau, sie war jetzt nicht mehr gar so kalt und spöttisch.

»Aber ich habe immer noch Nachwirkungen. Meine letzte Reise liegt ja schon über fünf Jahre zurück, und trotzdem verblasse ich manchmal noch. Und immer wieder habe ich Leerstellen. In den Muskeln, im Kopf, im Gefühl, du weißt schon …«

»Du hast es eben auch viel zu oft gewagt«, sagte Sherpa Sarvas leise. »Genau wie ich.«

»Ja«, flüsterte die Frau. »Zu oft und vor allem zu lange. Einmal bin ich doch zwei Monate fortgeblieben. Es war so faszinierend, so spannend und dabei viel weniger anstrengend als hier in diesem Leben.«

»Wem sagst du das? Als ich das Drachenei herausholen ging, musste ich mich auch schwer beherrschen, dass ich wieder zurückkomme. Diese Tiere haben es mir einfach angetan, und wenn du in einem Spiel drin bist, ist es ja so, als seien sie wirklich. Ich hätte ihnen ewig zusehen können. Sie sind so unglaublich schön. Aber ich wusste, dass ich die Rückreise nicht mehr überstehen würde, wenn ich auch nur eine Stunde länger bliebe. Und für immer dort bleiben? Ich weiß nicht so recht.«

Jankas Herzschlag setzte aus. Für einen Moment und noch einen. Ihr Kopf wurde heiß, ihre Füße eiskalt. Was von dem eben Gehörten sollte sie nun am schlimmsten finden? *Als ich das Drachenei herausholen ging*, hatte Sarvas gesagt. Das konnte nicht sein. Es konnte nicht sein, dass er Kurmos Ei aus einem Computerspiel geholt hatte. Kurmo war doch ein unglaubliches, wunderbares Geschöpf und nicht ein hohles Produkt aus Pixeln. Es durfte einfach nicht wahr sein. Janka biss sich auf die Lippe.

Mindestens genauso schlimm war die Sache mit den Nachwirkungen, die hatte sie selbst ja anscheinend auch. Schwächeanfälle und Vergesslichkeit.

Aber am allerschlimmsten fand Janka, dass sich Frau Tossilo und Kurmo mit jedem Moment, den sie länger im Spiel blieben, in größere Gefahr brachten.

Plötzlich war da Marlons Hand. Ganz selbstverständlich nahm er ihre, zog sie aus Frau Tossilos Bluse heraus und hielt sie fest. Erst brachte das Janka noch mehr durcheinander, doch dann fühlte sie sich plötzlich sehr wohl und getröstet. Marlon hatte sicherlich kaum etwas von Sarvas und der Frau verstanden, aber er hatte ihren Aufruhr gespürt und stand ihr bei. Dankbar ließ sie ihre Hand in seiner.

Die Türglocke klingelte.

»Das wird Peter sein. Sieh nach!« Die Offenheit aus der Stimme der Frau war wieder verschwunden. Schritte schleiften über den Teppich.

»Da steht ein Junge vor der Tür. Braune zerzauste Haare, schlaue Augen und einen Laptop unterm Arm. Soll ich aufmachen?«, rief Sherpa Sarvas aus dem Gang.

»Bist du verrückt? Wir können hier niemand Fremden gebrauchen. Wenn der Junge merkt, dass wir hier eingebrochen sind, ruft er noch die Polizei.«

Es klingelte wieder. Dreimal klingelte es.

»Verflucht«, murmelte die Frau angespannt, denn Johann hämmerte jetzt gegen die Tür. »Was macht der denn? Weiß der etwa, dass wir hier sind?«

Noch einmal klingelte es, dann hämmerte es wieder, dann nichts mehr. Die Frau verließ das Schlafzimmer. »Ist der Junge weg? Dann lass uns schleunigst verschwinden«, befahl sie.

Janka und Marlon hörten Sarvas Antwort nicht mehr. Aber das Zuziehen der Wohnungstür wenig später hörten sie. Sie warteten noch eine kleine Weile und lauschten in die Stille hinein. Janka war erleichtert. So unglaublich erleichtert. Sie waren nicht entdeckt worden, und langsam beruhigte sich das Wummern in ihrer Brust.

Dann fiel ihr Blick auf ihre Hand. Die hielt ja immer noch die von Marlon. Schiebetüren von Kleiderschränken sind heutzutage unsagbar schwer wieder aufzubekommen. Janka brauchte ganz klar beide Hände dafür.

Sie traten aus dem Schrank in Frau Tossilos Schlafzimmer und holten Luft.

»Ich hätte jetzt gerne ein Eis«, sagte Marlon.

9
Boten

Johann war wieder zurück in den neunten Stock gegangen. Warum hatte Janka ihm nicht aufgemacht? Da machte er eine echt wichtige Entdeckung und wollte sie ihr sofort zeigen, und sie? Sie brauchte eine halbe Stunde, um einen Gummibaum zu gießen!

Er öffnete den Kühlschrank und sah hinein. Ein Haustürschlüssel fuhr ins Schloss.

»Das kann doch wohl nicht sein! Warst du noch shoppen, oder was?« war Johanns Begrüßung, dann erst bemerkte er, dass seine Schwester nicht allein war. Ein Achso-ist-das-Grinsen zupfte an seinen Mundwinkeln.

»Oh, hi Marlon, na, alles klar?«

»Ein bisschen wacklig«, sagte Marlon.

»Ach?« Johann warf Janka einen leicht empörten Blick zu.

»Halt bloß die Klappe, Johann. Ich muss dir dringend was erzählen«, rief sie, drängte ihn einfach beiseite und riss das Kühlfach auf.

»Hey! Was soll das? Außerdem muss zuerst *ich dir was* erzählen! Du glaubst nicht, was mir jetzt endlich klargeworden ist. Deswegen bin ich ja auch gleich runtergekommen, aber du hast nicht aufgemacht.«

Janka schaufelte fahrig Karamelleis in eine Glasschüssel.

»Johann, hör mir zu. Da unten …«

»Der Turm ist weg!«, fiel ihr Johann ins Wort.

»Welcher Turm?«

»Dieser merkwürdige Turm, der in *Secret Silence* aufgetaucht war. Der ist jetzt nicht mehr da«, erklärte Johann eindringlich.

»Das ist doch völlig egal!«

»Ist es nicht. Die Sache ist wichtig. Ich habe nämlich heute gemerkt, dass dieser Turm derselbe sein muss wie der Turm, in dem ich neulich gewesen bin, der Turm aus *Tower Fights*! Du weißt schon, der, in dem es den Reset-Jack-Trank gab. Wenn also dieser Turm …«

»Johann! Sarvas war da unten!!!«, unterbrach ihn Janka. »In Frau Tossilos Wohnung! Marlon und ich wollten den Gummibaum gießen, da ist er einfach reingekommen, er und so eine Frau!«

»Was?!« Johann musste schlucken.

»Wir standen im Schrank«, merkte Marlon an.

»Sarvas und die Frau sind auch in einem Spiel gewesen!«, rief Janka. »Und das schon öfter. Anscheinend ist es sehr ungesund, wenn man da zu lange drinbleibt. Wir müssen Frau Tossilo und Kurmo schleunigst wieder rausholen, sie können sonst sterben!«

»Aber wie willst du sie denn rausholen? Wir wissen doch gar nicht, wo sie sind?!«, rief Johann.

Janka drückte Marlon die Eisschüssel in die Hand und zog Frau Tossilos kleines Einhorn aus ihrer Hosentasche.

»Wir raumen das hier hinein! Wir raumen es an den Eingang. Das nächste Mal, wenn Kurmo und Frau Tossilo dort auftauchen, finden sie es. Kurmo wird wissen, dass wir das Einhorn nicht einfach nur als netten Gruß hineingeraumt haben. Er wird dort warten. Diesmal lange genug, da bin ich mir ganz sicher. Und wenn wir Kurmo dann auf dem Bildschirm sehen, dann musst du dich hineinraumen und mit ihnen wieder zurückkommen. Es ist ja dann nur ganz kurz. Und einmal wirst du dieses Opfer doch wohl bringen, oder?«

»Ja klar! Aber was dann? Kaum ist Kurmo wieder hier, sendet er doch Signale zu Black West International, und alles beginnt von vorne.«

Augenblicklich verließ Janka aller Schwung, und sie ließ sich auf den Stuhl neben dem Küchentisch sinken. Wie hatte sie das Peilpulver nur vergessen können?

»Äh«, meldete sich Marlon. »Wenn etwas von vorne beginnt, birgt das auch neue Möglichkeiten und Chancen.«

»Kannst du deine schlauen Sprüche bitte lassen? Die ganze Sache ist für uns schon krass genug«, fuhr ihn Johann an.

»Dann erklärt sie mir doch. Erst muss ich in einem Schrank voller Taschen und parfümierter Blusen stehen, dann redet ihr von Türmen und Signalen und Rein- und Rausraumen, wie soll ich da wissen, was krass ist, oder was überhaupt los ist?«

»Marlon.« Janka hob den Kopf, dann warf sie ihrem Bruder einen fragenden Blick zu, er nickte leicht. Also holte sie Luft und begann zu erzählen.

Wie Frau Tossilo plötzlich einen Edelstein in ihrem pinken Koffer gehabt hatte. Und wie aus dem Stein, der gar kein Stein gewesen war, Kurmo geschlüpft war und Frau Tossilo dann entführt wurde.

»Was?«, unterbrach Marlon, halb ungläubig, halb entsetzt. »Entführt? Warum? Von wem?«

»Von einem Unternehmen, das sich Black West International nennt und das behauptet, der Drache gehöre ihm«, erklärte Johann.

»Aber«, begann Marlon. »Aber, und jetzt hält dieses Unternehmen Frau Tossilo gefangen und …?«

»Nein, wir haben sie schon längst wieder rausgeholt«, rief Janka nicht ganz ohne Stolz und berichtete dann, wie Johann, Kurmo und sie in der Nacht losgeflogen waren, um Frau Tossilo zu suchen. Dabei erinnerte sie sich, wie wunderbar es gewesen war. Nicht das Suchen und schon gar nicht die Angst, aber das Fliegen! Das war wunderbar gewesen. So frei und stark und selbstverständlich.

Johann stützte sich auf die Arbeitsfläche, sprang leicht ab und setzte sich obendrauf. Für ihn war ja die Fliegerei – um es milde auszudrücken – eher unangenehm gewesen.

»Schließlich sind wir bei Black West gelandet«, übernahm er das Erzählen. »Und Kurmo hat denen ordentlich eins vor den Latz geknallt. Frau Tossilo war in einem Glasbunker eingesperrt, da haben leider alles Feuer und alle Schläge mit dem Schwanz nichts geholfen, deswegen mussten wir uns der Technik bedienen.«

Marlon runzelte die Stirn, sagte aber nichts, und Johann fuhr fort zu erzählen, wie er Frau Tossilo aus dem Gefängnis geräumt hatte und sie entkommen konnten.

»Und alles wäre gut gewesen, hätte Kurmo nicht dieses verfluchte Peilpulver abbekommen. Das ist ein Zeug, das sich in dich reinfrisst, du kannst es weder abwaschen noch sonst wie entfernen, und das Schlimmste daran ist, es sendet sekündlich deine Position. Nach nur einer Nacht hatte Black West uns aufgespürt. Wir saßen in einer Höhle, fernab jeglicher Zivilisation, und da kamen sie! Sie sind mit Hubschraubern durch den Wald gebrochen, und ein Laserpunkt kroch in unser Versteck hinein, und da habe ich – was hätten wir machen sollen? –, da habe ich, also, ich habe uns verschwinden lassen. Weg von dieser Welt und in ein Computerspiel hinein.«

Dann war es still in der Küche. Johann hatte fertig erzählt, und Marlon hielt seinen Eislöffel fest, ohne zu löffeln. Seine Augen wurden lampenrund und glänzten gebannt hinter seinen Brillengläsern.

»In so einem Spiel zu sein ist seltsam«, sprach Janka in die Stille hinein. Sie sah dabei aus dem geöffneten Fenster, als könne sie alles, was sie in dem Spiel erlebt hatte, in den rauschenden Kronen der Pappeln wiederentdecken. »Man fühlt sich eigentlich ziemlich normal, höchstens vielleicht ein wenig flacher oder so. Aber jeder Schritt, den du machst, hat genau die gleiche Länge wie der Schritt zuvor. Es steht dir keine Kraft zur Verfügung, das zu verändern. Johann und ich sind nur einen Tag geblieben. Die Farben dort haben mir sehr gefallen. Leuchtend und trotzdem nicht grell. Aber es war einsam. Wir haben niemanden getroffen. Am Horizont haben wir zwar Bewegung, ja, oft auch Gestalten ausgemacht, doch wenn wir dann diese Richtung einschlugen, waren da nur endlose Landschaft und ab und zu Gebäudereste aus vergangenen Zeiten. Es gab nichts zu essen und nichts zu lesen. Ich war wirklich froh, dass wir nicht dortbleiben mussten, dass wir wieder nach Hause konnten. Kurmo und Frau Tossilo konnten das ja nicht.«

Sie seufzte, wandte den Blick dem Tisch zu und schnipste einen Brötchenkrümel weg. Marlon stellte sein

Schälchen auf die Ablage. Vor lauter unglaublicher Informationen war er noch nicht dazu gekommen, sein Eis zu essen, und nun schmolz es lautlos vor sich hin. Er merkte es nicht, er sah nur Janka an. Fast unhörbar sprach sie wieder weiter.

»Ich vermisse Kurmo so. Ich mag mein Leben sehr. Ich mag unsere Familie. Ich mag unsere Wohnung, meine Freunde, mein Zirkustraining, sogar die Schule, das schon, aber mit Kurmo hatte alles einen anderen Glanz. Als sei ich irgendwie von größerer Bedeutung, als sei es nicht einerlei, dass ich hier auf dieser Erde lebe.«

Janka hatte diese Gedanken noch nie laut ausgesprochen, sie niemandem mitteilen wollen. Nicht ihren Eltern oder Lenya und auch nicht Johann. Jetzt aber tat es gut, sie mal loszuwerden.

Sie stand auf und kippte Marlons unangerührte Eissoße ins Spülbecken. Beide Jungen sagten nichts, also wurde Janka wieder etwas praktischer und fasste die Lage noch mal zusammen.

»Frau Tossilo und Kurmo können nicht wieder zurückkommen, aber im Spiel lassen können wir sie auch nicht.«

Johann nickte. Marlon betrachtete eingehend seinen Löffel. Vielleicht musste er das Gesagte erst mal verdauen. Vielleicht glaubte er ihnen auch gar nicht. Aber nein, das konnte nicht sein. In seinem Schweigen lag keinerlei Spannung. Es war keine unangenehme Stille, die von ihm ausging, eher eine tastende.

Schließlich begann er, doch einen Satz zusammenzufügen, langsam, als ob er jedes Wort zum ersten Mal ausspräche.

»Für mich ist es nicht einerlei, dass du da bist.« Er schaute weiter auf den Löffel und sah nicht, wie Janka den Küchenboden anlächelte.

»Und was das andere Thema betrifft«, fuhr Marlon fort. »Dieser Sarvas hat doch vorhin gesagt, er habe das Drachenei aus einem Spiel geholt. Wenn so ein Spiel wirklich die Heimat von eurem Drachen ist, dann dürfte ihm der Aufenthalt dort doch nicht unbedingt etwas ausmachen.«

»Wieso ist *mir* das nicht in den Sinn gekommen?« Johann sprang von der Arbeitsplatte, schlug sich gegen die Stirn und dann Marlon leicht gegen die Schulter.

»Aber Frau Tossilo«, meinte Marlon. »Sie könnt ihr doch rausholen. Sie ist schließlich kein Computerspielgeschöpf, und sie hat auch nicht dieses Sendepulver abbekommen, oder?«

Johann schüttelte den Kopf und rief gleichzeitig: »Marlon, du bist genial!«

»Darf ich zusehen, wie du das Einhorn in das Spiel programmierst?«, wollte Marlon gleich wissen, und seine Augen blitzten dabei.

»Natürlich«, antwortete Johann. Er war noch gar nicht so weit gewesen, aber Marlon hatte recht, sie sollten nicht herumtrödeln.

»Ich bin mir nur nicht sicher, ob wir nicht lieber etwas

Größeres benutzen sollten. Das kleine Einhorn könnten Kurmo und Frau Tossilo schließlich leicht übersehen. Vielleicht nehmen wir besser unseren Kleiderschrank. Und wenn sie ihn dann aufmachen, dann steht das Einhorn dort drin. Das ist doch gut.«

Die drei begaben sich also in Jankas und Johanns Zimmer. Johann nahm seinen Schreibtischstuhl und stellte den Laptop darauf. Janka platzierte das Einhorn in den Schrank, auf dem schmalen Holzabschnitt vor ihren T-Shirts. Marlon hielt sich abseits und beobachtete die Geschwister. Fasziniert, ungläubig, gespannt.

»Achtung, nicht erschrecken. Gleich knallt es«, kündigte Johann an und wollte auf *Enter* drücken. Da rief Janka:

»Stopp! Ich brauche ja noch was zum Anziehen. Außerdem, was werden Mama und Papa eigentlich sagen, wenn unser Schrank verschwunden ist? Wer weiß schließlich, wie lang es dauert, bis Frau Tossilo und Kurmo ihn finden?«

»Du hast recht«, pflichtete Johann ihr bei. »Aber wir brauchen schon etwas Großes. Wir könnten vielleicht – wir gehen schnell runter und holen Frau Tossilos Flauscheteppich und stellen das Einhorn dort drauf. Der Teppich ist sowieso besser als der Schrank, denn wenn Kurmo und Frau Tossilo nicht im Gebirge herumwandern, sondern darüber fliegen, sieht Kurmo das große Rechteck von oben sofort.«

»Ich will den Teppich aber nicht holen. Ich trau mich nicht gleich noch mal in Frau Tossilos Wohnung. Die Angst von vorhin sitzt mir noch in den Gliedern«, sagte Janka.

»Dann stell dich hier hin und halte die F8-Taste gedrückt«, schlug Johann vor. »Marlon? Du schaffst es doch wohl, mit mir runterzusprinten und den Teppich hochzuschleppen, oder?«

Und weil Marlon schluckte und dann tapfer nickte, verließen die beiden Jungen bald das Zimmer.

Janka blieb allein zurück. Sie hielt ihren Zeigefinger brav auf F8. Das Weiß des Kleiderschranks verschwamm vor ihren Augen, so sehr starrte sie darauf.

Wenn sie jetzt losließe und gleichzeitig auf *Enter* drückte, dann würde der Schrank samt Einhorn verschwinden.

Bisher hatte Johann ja immer das Raumen vollzogen, sie hatte nur zugesehen. Aber jetzt hätte sie die Möglichkeit, es einmal selber geschehen zu lassen. Ein Klick, *wusch* und weg. Nein, dann wären ja ihre Klamotten futsch.

Wieso konnte eigentlich das Einhorn zu Kurmo reisen, und sie, die den Drachen so sehr vermisste, konnte das nicht? Sie konnte nicht mit ihm sprechen und ihn fragen, ob er wirklich aus einem Spiel stammte. Sie konnte nur zusehen. Sie war ein Mensch, ein empfindliches Geschöpf. In Jankas Herz sammelte sich Traurigkeit und in ihrem Mund Spucke.

Sie schluckte. Den Finger immer noch auf F8 pressend,

tappte sie um den Laptop herum und stellte sich zwischen das Gerät und den Schrank. So wie Johann den Computer vorhin eingestellt hatte, erfasste er etwas Großes.

Janka schwankte leicht. Unvernunft. Sehnsucht. Mut. Ihre Gedanken und Gefühle wurden ein verwirrtes Gewickel. Nur der Wunsch blieb die ganze Zeit über klar.

Ich möchte Kurmo noch einmal sehen. Richtig sehen, nicht auf dem Bildschirm. Einmal noch umarmen. Nur einmal noch.

Plötzlich gab es so etwas wie einen Kurzschluss in ihr. Sie konnte nicht anders. Ihr Finger ließ F8 los und drückte auf *Enter*.

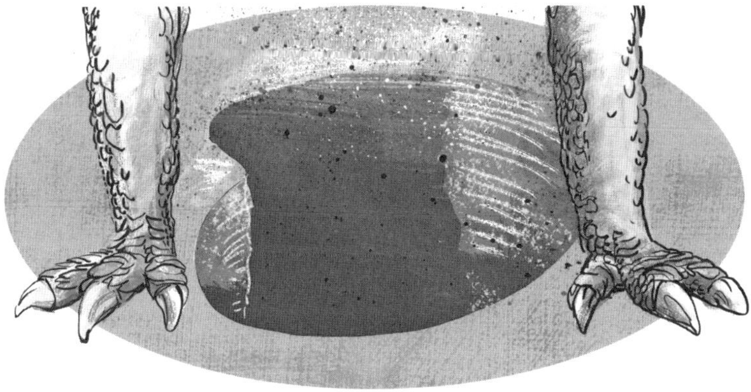

10
Eindringlinge anderswo

Mittlerweile hatte Ileyor Frau Tossilo und Kurmo von der T7-Anhöhe heruntergeführt, um sie mit den *Secret Silence*-Bewohnern bekanntzumachen.

»Das hier sind Kurmo und Frau Tossilo«, stellte er sie als Erstes einem Geschöpf vor, das auf seiner blauschillernden Flosse hin- und herschwankte. Frau Tossilo wollte dem Flossenwesen die Hand reichen, doch es beachtete sie nicht, sondern verschwand stumm zwischen ein paar Truhen.

»Ich möchte euch Kurmo und Frau Tossilo vorstellen. Ich habe sie zwischen den Gräsern, nahe des rötlichen Gebirges getroffen«, wandte Ileyor sich an die Steinköpfe.

Einer der Köpfe schob sich abweisend vor den anderen. Und nicht nur abweisend, sondern auch abwesend. Es schien, als erinnerten die Köpfe sich gar nicht mehr, in welche Aufruhr sie die Neuigkeit von den Eindringlingen eben noch versetzt hatte. Dass sie gerufen hatten: *Kennenlernen, dann entscheiden*, hatten sie wohl auch gänzlich vergessen. Etwas herausfinden wollten sie eindeutig nicht.

»Immerhin sind sie friedlich«, meinte Ileyor und stakste weiter voran durch die Bewohner über das Brunnengeröllfeld. Kurmo und Frau Tossilo folgten ihm angespannt.

Die Schattenbäume hatten etwas äußerst Wichtiges mit ihren Ästen zu tun, als die drei vorüberkamen, die Zettelschar musste unbedingt eine neue Falttechnik üben, und auch die violetten Leuchtfädenleute wollten nicht erfahren, wie der Drache und die Frau hießen, wo sie herkämen, was sie hier wollten, oder wie bei ihnen zu Hause die Abfolge organisiert sei.

»Es wird gleich besser«, beteuerte Ileyor. »Weiter vorne sind die meisten etwas offener und haben auch eine längere Remind-Line.«

»Aha«, brummelte Frau Tossilo und schob sich hinter ihm her. In ihr verwischte die Erinnerung immer mehr, doch das Bedauern, das sich in ihrer Brust regte, war mehr als klar. Sie hatte sich das Kennenlernen wirklich aufregender ausgemalt. Die Bewohner hier behandelten sie ja fast so, als wäre sie eine alte, anstrengende Nachbarin, über die man schon alles zu wissen glaubte.

»Sieh doch.« Kurmo stupste mit seinem Kopf leicht gegen Frau Tossilos Rücken. »Dort, hinter dieser Gruppe grauer Umhangherren, kommt die Königin geschritten.«

»Vielleicht hat sie ja mit ihrer Anweisung *Lasst uns die Eindringlinge kennenlernen* jegliche Furcht, aber auch jegliche Neugier aus ihrem Volk herausgepflückt«, überlegte Frau Tossilo.

»Von nahem sieht diese Königin noch zarter aus als von der Anhöhe vorhin«, raunte Kurmo. »Janka würde sie sicherlich gefallen.«

»Wem?«

»Janka«, antwortete der Drache etwas lauter.

Wer ist Janka?, überlegte Frau Tossilo und starrte auf die Falten in Ileyors Gehrock, als stünde dort die Antwort geschrieben. Weil dort aber nichts stand und weil sie irgendwie spürte, dass sie eigentlich wissen sollte, wer Janka war, und weil sie Kurmo ihre Verwirrung nicht zeigen wollte, beschloss sie, flugs das Thema zu wechseln.

»Ob die Königin auch an der Abfolge teilnimmt? Was meinst du?«

Genau in diesem Augenblick winkte ihnen die Königin huldvoll und freundlich zu. Sie blickte zwischen den grauen Umhangherren hindurch zu ihnen herüber. Dann beschleunigte sie ihre zarten Schritte.

»Wenn sie euch gleich begrüßt«, erklärte Ileyor noch, »dann schaut am besten …«

Der Rest seines Satzes ging in lautem Beben unter. Das

Geröll um den Brunnen, an dem die Königin gerade vorbeikam, wurde mit einem heftigen Stoß hinfortgeschleudert. Die Königin reagierte blitzschnell. Sie hatte sich geduckt, war hochgesprungen und schon zur Seite ausgewichen, ehe Frau Tossilo auch nur geblinzelt hatte. Die Gruppe graugekleideter Umhangherren fiel jedoch wie gemähte Halme zu Boden. Ein Stein traf auch Ileyor heftig an der Schulter. Er wäre ebenfalls gestürzt, doch Kurmo fing ihn mit dem Schwanz auf.

Aus dem Brunnen dampfte es. Schmutziger, gelb-schlieriger Rauch quoll empor. Er wurde so dick, dass die Brunnenmauern ihm nicht standhalten konnten, und das Gemäuer barst krachend auseinander. Alle schrien auf. Die Königin und die Bevölkerung wichen panisch zurück und schleiften dabei mühsam die am Boden liegenden Umhangherren aus der Gefahrenzone. Auch Frau Tossilo, Kurmo und Ileyor stolperten erschrocken mit ihnen.

Eine schwarzglänzende Krümmung schob sich nun aus der Tiefe des Brunnens nach oben. Ein Rücken. Bedrohlich langsam rollte er sich auf, wobei immer mehr Steine mitgerissen wurden.

»Wir müssen sofort verschwinden«, stieß Frau Tossilo hervor.

Gleichzeitig wurde das Schwarzglänzende extrem groß. Es hatte einen Kopf wie ein riesiger Adlerschnabel, enorme Beine, und es breitete vier Arme aus. Zwei lange oben und zwei kürzere direkt aus der Brust. Und an jedem Arm wuchsen rasiermesserscharfe Klauen. Mit rotglimmenden Augen sah es über das Land und die vor Schreck gelähmten Bewohner. Langsam öffnete es sein Maul oder Mund oder was auch immer es war.

Zum Glück konnte Frau Tossilo in *Secret Silence* nichts riechen. Der Geruch, der aus dieser abscheulichen Öffnung kam, hätte sie auf der Stelle getötet. Hektisch kletterte sie auf Kurmos Rücken, ohne dabei das Ungetüm aus den Augen zu lassen.

»Der, der, der gemeldete Eindringling«, stotterte sie. »Das sind ja gar nicht wir!«

Deshalb waren alle bei der Nachricht vom Pixelfraß in derartige Panik geraten. Wenn die Eindringlinge hier so aussahen wie dieser Schwarzglänzende, was sollte man da anderes haben als nackte Angst?

»Zu den Waffen!«, brüllten jetzt die grauen Umhangherren, die sich wieder aufgerappelt hatten, denen vor Schreck aber wohl entfallen war, dass es in *Secret Silence* gar keine Waffen gab.

»Löcher!«, schrie die grüne Frau mit dem Zackengesicht noch lauter als die Herren. »Löcher, entzerrt euch!«

Frau Tossilo aber brüllte am allerlautesten.

»Kurmooo! Flieg! Nichts wie weg hier!«

Die Löcher glitten langsam auseinander und bildeten einen großen Kreis um den Ankömmling, einen dunkelwabernden Ring. Kurmo jedoch tat keinen Flügelschlag, sondern sah gelassen zu dem riesenhaften Schwarzen.

»Ileyor hat doch vorhin verkündet, wir sollten nicht immer so viel Angst haben«, raunte er. »Ich halte mich daran. Außerdem ist das hier sehr spannend, und du scheinst vergessen zu haben, dass ich ein Drache bin, der bald ausgewachsen ist.«

In diesem Moment entwich dem Schwarzglänzenden ein Laut, ein Grollen. Es klang wie »Entzweiung«.

Mit einem dumpfen Knirschen schloss sich die grauenvolle Öffnung wieder, doch nur, um sich erneut zu öffnen. Noch weiter und noch abscheulicher, um das nächste Grollen hervorzustoßen. Diesmal gelang die Aussprache klarer.

»Verzeihung!«

»Verzeihung? Hat es Verzeihung gesagt?«, wimmerte Frau Tossilo. »Lass uns fliehen, Kurmo! Wir retten uns doch nicht vor Black West in ein Computerspiel, nur um dann hier vernichtet zu werden. Ileyor, steigen Sie auf. Wir nehmen Sie mit.«

»Verzeihung!«, grollte der Schwarzglänzende wieder. »Wir haben euren Brunnen zerstört. Das wollten wir nicht.«

»Wir? Kommen da noch mehr von der Sorte?« Frau Tossilo versuchte, Kurmo mit leichten Fersenstößen zum Abflug zu bewegen.

Der Schwarzglänzende ruckelte sich in eine leichte Verbeugung. Erst jetzt wurde die Frau auf seiner Schulter sichtbar. Ihr hüftlanges schwarzes Haar floss über ihr tannengrünes Kleid, und die dunklen Bänder, die um ihre blassen Arme gewunden waren, schimmerten im *Secret Silence*-Sonnenlicht viel heller als in ihrer Heimat.

Die zarte Königin trat nun aus der Menge heraus und schritt ruhig über das Geröll auf den Koloss und die Frau auf seiner Schulter zu. Sie machte einen Satz über den Ring der Löcher und sah zu den Ankömmlingen hinauf.

»Wer seid ihr?« Die Kraft in ihrer Stimme stülpte sich sogleich wieder über gesamt T7. Auch über den Schwarzglänzenden. Alle entspannten sich ein wenig.

Frau Tossilo war verblüfft und beeindruckt, dass jemand so Kleines derart furchtlos war und eine solch erhabene Wirkung haben konnte.

»Mein Name ist ›Der-Tod-ist-mit-ihm‹«, kam es von dem Schwarzglänzenden. »Und meine Dämmerelfe trägt den Namen ›XR3‹.«

»Irgendwie ist mir mein Name lieber«, flüsterte Frau Tossilo.

»Schhhh«, machte Kurmo.

»Das sind fremdartige Namen. Mit einer fremdartigen Bedeutung. Aus welchem Land stammt ihr?«, wollte die Königin wissen.

»Es nennt sich Tower Fights«, tat der Schwarzglänzende kund. »Und wir, verehrte Königin von Secret Silence, bieten euch ein Bündnis an.«

11
Löcher und wie man damit umgeht

Sachte, sachte,
Tastatur,
ein Raster nur,
doch fast ein Schwur.
Du hast das Cluster aufgelöst,
F8 gedrückt,
gemacht, gelöscht,
ein Klick, und du bist fort.

Kein Zwischenraum,
Kein Speicherort.
Der Traum,

die Welt.

die Zahl.

das Wort.

du hast das Cluster aufgelöst.

ein Klick und du bist –

Janka fand sich auf dem Pyramidenberg mit der violetten Spitze wieder. Rotes Kleid. Schnürstiefel. Sie hielt sich nicht lange damit auf, dass ihr Körper wieder einer Trickfilmfigur glich, sondern schlitterte gleich den glatten Berg hinunter und folgte dem Pfad aus dem blassblauen Gebirge hinaus.

»Kurmo?«, rief sie mit flacher Stimme. »Frau Tossilo, seid ihr hier irgendwo?«

Ein leises Echo verwirbelte sich in den Bergen, sonst aber blieb es still.

Janka eilte weiter, bis sie über die vulkanförmigen Felsen an den langgezogenen See kam, an dem Kurmo und Frau Tossilo vor wenigen Tagen ebenfalls gelandet waren.

Vielleicht sollte ich als Erstes zu den Stelen? Dort war ja unser vereinbarter Treffpunkt, überlegte sie, da spürte sie plötzlich, dass sie nicht allein war. Jemand beobachtete sie. Sie fuhr herum. Vulkanfelsen. Zu ihrer Linken Vulkanfelsen, zu ihrer Rechten auch. Niemand ließ sich blicken.

Doch dann kam ein Wellengeräusch vom See her. Etwas Rundes, Dunkles trieb auf der Wasseroberfläche auf Janka zu und schwappte ihr vor die Schnürstiefel. Sie wich blitzartig zurück.

»Was tust du hier?«, fragte eine leere Stimme, die aus dem schwarzen Ding herauszukommen schien. »Alle sind in T7. Oder in der Abfolge. Es ist verboten, sich frei und ohne Aufgabe umherzubewegen!«

»Ein Loch«, flüsterte Janka und eierte einen weiteren Schritt zurück.

»Positiv«, bestätigte das Loch. »Antworte jetzt!«

»Was?«

»Was tust du hier?!«, fragte die leere Stimme erneut.

»Ich, ich suche jemand«, gestand Janka bang.

Das Loch wurde größer. Es breitete sich über den steinigen Untergrund aus wie eine dunkle Lache, in die immer mehr hineingegossen wurde.

Schnell umfasste Janka den Minifelsen zu ihrer Linken und hob ihn mühelos hoch. Hinein damit in den dunklen Schlund. Doch dann erinnerte sie sich, was Johann gesagt hatte, als er »Figürchen« auf dem Bildschirm über die Löcher hatte hüpfen lassen. *Die Löcher sind sehr hinterhältig und mindestens doppelt so dumm.* Janka ließ den Felsen zwischen sich und die stetig näher kommende Leere sinken.

»Und was tust *du* eigentlich hier?«, fragte sie herausfordernd.

»Nichts natürlich«, lachte das Loch. »Wie immer.«

»Aber du bewegst dich«, stellte Janka nüchtern fest. »Das ist nicht Nichts.«

Das Loch hielt inne. »Positiv.«

»Und du hast behauptet, es sei verboten, sich frei und ohne Aufgabe umherzubewegen«, setzte Janka nach.

»Deshalb tue ich es ja!«, kam es nun ungehalten aus dem Loch. »Weil es verboten ist. Und weil es nicht Nichts ist. Ich habe es satt, mich immer an die Regel zu halten. Ich will schließlich weiterkommen.«

»Wo willst du denn hin?«, wollte Janka wissen.

»Wohin, fragst du, wohin? Zu mir will ich. Etwas sein will ich. Ich will sein.«

»Aha.«

Janka fand, dass Johann unrecht hatte. Dieses Loch hier war überhaupt nicht dumm. Ganz im Gegenteil. Ob es dann vielleicht auch nicht hinterhältig war?

Die Ränder des Lochs begannen zu verblassen. Es zog sich wieder in sich zurück. Bald war es nur noch so groß wie Jankas Hand. Und es schrumpfte weiter oder trocknete oder was auch immer es da tat.

»Warte«, rief Janka. »Hast du zufälligerweise eine Frau in pinker Kleidung und einen weißen Drachen gesehen?«

»Nein«, antworte das Loch. »Ich habe sie zufälligerweise nicht gesehen. Sind sie denn heute in der Abfolge eingeteilt?«

»Ich weiß nicht. Ich glaube nicht«, sagte Janka.

»Dann befinden die beiden sich in T7. Alle sind in T7. Bis auf dich und mich.« Das Loch kicherte.

»Und wie komme ich zu diesem T7?« Janka reckte ihren

Hals und ihren Rücken nach vorne. Sie würde gerne mal in das Loch hineinsehen, es war jetzt ja ganz klein.

»Es gibt zwei Möglichkeiten: Du wanderst um das Pyramidengebirge herum, dann über die rötliche Lamellenebene, vorbei an den Stelen, du schwimmst den Fluss hinunter, bis er eine scharfe Biegung macht. Hier kletterst du an Land. Ein ockerfarbenes Dickicht wird dich nicht durchlassen, aber damit musst du klarkommen. Dann kommt der Schwärmewald. Dann das Buschland, Geröll, diesmal malvenfarben, es mündet in einer Steppe, geht direkt über in die Wüste, bei der Wegvereinigung nimmst du den linken, dann gehst du rechts, dann wieder links, zweimal bis zu einer Höhle, geradeaus, es kommt ein großer abgestorbener Baum, hier links, dort steht eine Truhe, nicht aufmachen, weiter geradeaus, links bei den Pilzen, du siehst das nächste Gebirge, du gehst …«

»Was ist denn die zweite Möglichkeit?«, fragte Janka.

»Die bin ich«, sagte das Loch.

»Du?«

»Du springst in mich hinein und kommst direkt in T7 wieder raus.« Das Loch wurde gleich wieder größer, so dass seine Ränder ausfransten. Janka sah es misstrauisch an.

»Nur keine Angst. In mir ist doch nichts«, sprach das Loch.

»Das ist nicht sonderlich beruhigend«, antwortete Janka. Ihre Brust fühlte sich plötzlich merkwürdig taub an. »Genau wegen deines Nichts möchte ich ja nicht.«

»Hm. Du bist klug«, befand die leere Stimme. »So jemanden wie dich habe ich noch nie getroffen. Vielleicht könnte ich dich ja auf deinem Weg begleiten. Du gefällst mir. Du bist nicht leer. Und das, was in dir drin ist, ist auch nicht leer.«

Darüber freute sich Janka. Sie lächelte leicht, und die Taubheit in ihrem Inneren verschwand wieder. Dann begann sie zu überlegen. Vielleicht ist es gut, das Begleitangebot anzunehmen, statt alleine durch das Spiel zu irren. Obwohl die Anwesenheit von einem Loch vielleicht ja dasselbe ist wie Alleinsein. Oder sogar noch weniger, ein Loch ist ja die Abwesenheit von etwas … Wie auch immer. Ich werde einfach nicht in meinen Begleiter hineinfallen, dann wird schon alles gutgehen.

»Okay«, sagte sie also. »Du kannst mich begleiten. Können wir gleich aufbrechen?«

»Positiv«, sagte das Loch, und so machten sie sich auf den Weg.

***

Zur selben Zeit starrte Johann vom Gang in das leere Zimmer. In seinem Nacken sträubten sich die Härchen, und seine Kehle zog sich zusammen. Marlon stand hinter ihm, unter den Armen hatten sie den schweren Flauschteppich geklemmt. Johann spürte, dass Janka nicht auf dem Balkon, auf dem Klo oder im Wohnzimmer war, denn die

Leere in ihrem gemeinsamen Zimmer schrie ihn förmlich an. Sie war endgültig.

»Janka«, stieß er hervor. »Bist du bescheuert?!«

»Wo, wo, was ist denn?«, stotterte Marlon.

»Sie ist ihnen nach«, flüsterte Johann. »Sie ist in *Secret Silence*. Sie hat sich selbst hineingeraumt.«

Die beiden Jungen ließen die Teppichrolle sinken.

»Was sollen wir jetzt tun?«, fragte Marlon.

»Ich weiß es nicht«, schluckte Johann. Er war ziemlich durcheinander. Sein Herz war ein Klumpen, aber er war auch sehr dankbar, dass er nicht allein war.

Marlon trat ins Zimmer und visierte den Laptop an, als sei er ein gefährliches unberechenbares Tier, das jederzeit zum Angriff übergehen konnte. Nach einer Weile beklemmender Stille sagte er entschlossen: »Du kannst mich hineinraumen. Ich renne Janka nach, halte sie fest, und dann holst du uns gemeinsam wieder raus. Das wird doch nicht so lang dauern. Es wird also nicht so schlimm schädlich sein.«

Johann holte Luft und blies sie ruckartig wieder aus.

»Janka kann schon sonst wo sein. Du wirst sie nicht finden. Und dann?«

»Wir könnten es zumindest probieren«, beharrte Marlon.

»Nein«, sagte Johann fest.

»Ich bin stabiler, als du denkst, wirklich!«

»Nein«, wiederholte Johann. Er hatte sich wieder etwas gesammelt. »Aber du kannst mir trotzdem helfen. Ich werde jetzt etwas ausprobieren, und das kann ich nicht allein.«

12
Micro-Infinity-Safes

Frau Tossilo rutschte von Kurmos Rücken und kam neben Ileyor zu stehen. Sie versuchte, seinen Blick aufzufangen. Doch er sah nur besorgt nach vorne zu dem Schwarzglänzenden und der kleinen Königin, die sich innerhalb des Löcherkreises gegenüberstanden.

»Ein Bündnis?«, fragte die Königin jetzt, und ihr Volk konnte wohl an dem bebenden Haarkranz erkennen, dass sie um Fassung rang. »Ihr habt unsere Erde aufgerissen und einen Turm hineingerammt! Ihr brecht in unser T7-Feld und zerstört mühsam erstellte Transportwege! Um ein Bündnis einzugehen? Kommt euch das nicht selbst ein wenig seltsam vor, Der-Tod-ist mit-ihm aus Tower Fights?«

Der Koloss grollte etwas Unverständliches, und die Klauen seiner vier Arme fuhren dabei durch die Luft.

»Wir werden euch den Schaden natürlich ersetzen«, rief die Dämmerelfe von seiner wogenden Schulter. »Wir werden den ruinierten Brunnen reparieren.«

»Und was ist mit eurem Turm, der unser Landschaftsbild zerstört?« Die Königin funkelte sie grimmig an.

»Der Turm ist bereits in Dunst gelegt«, versuchte die Elfe, sie zu beruhigen. »Niemand wird ihn mehr zu Gesicht bekommen. Die Außenhelden nicht und auch ihr und eure Untertanen nicht. Wir haben erstklassigen Blickdunst entwickelt, der sich automatisch an euer Farbprofil sowie an eure Pixeldichte angleicht.«

Die Königin holte Luft.

»Wir wollen kein Bündnis! Wir wollen nicht, dass der Turm unsichtbar ist! Wir wollen, dass er verschwindet! Auch Dinge, die man nicht sehen kann, können belasten!« Aus ihrer Haarkrone sprühten jetzt Funken. Der-Tod-ist-mit-ihm beugte sich leicht herunter und schien sie besänftigen zu wollen, doch die biegsame Gestalt schoss ihm ihre Worte wie giftige Pfeile entgegen: »Das habt ihr euch fein ausgedacht! Mit eurem Dunst könnt ihr ganz unbemerkt schon morgen fünf weitere Türme bei uns hineinbauen!!!«

»Ich gebe euch mein Wort, dass dies nicht geschehen wird. Sobald unser Gespräch beendet ist und wir zurückreisen, wird unser Transportturm gänzlich wieder eingezogen werden. Und wenn …«

»Außerdem haben wir Geschenke für euch!«, unterbrach ihn die Elfe mit süßlicher Miene.

Sofort ging ein sehr interessiertes Gemurmel durch die *Secret Silence*-Menge. Sogar die Löcher begannen gleich, ein wenig zu schrumpfen. Die Königin wandte sich ihrem Volk zu.

»Geschöpfe von Secret Silence! Wir haben die strengen Regeln unserer Abfolge nicht selbst geschaffen. Aber wir haben die Entstehung von unserem T7 gemeinsam organisiert und vorangetrieben. Deswegen soll auf diesem freien Ort auch wirkliche Entscheidungsfreiheit herrschen, doch ich rate euch, wirklich gut zu überlegen, ob ihr …«

»Geschenke! Geschenke! Tower Fights lebe hoch«, rief die Menge. »Geschenke, Geschenke!«

Die Königin sackte ein wenig zusammen.

Kurmo fegte mit seinem Schwanz durch das Geröll. Er wusste nicht, wer ihm mehr leidtat, die Königin oder ihre unbedachten Untertanen.

»Dem Schwarzglänzenden traue ich«, raunte er Ileyor zu. »Aber die Elfe sollte eure Königin wirklich nicht aus dem Auge verlieren.«

Jetzt brach tosender Jubel aus.

Die Dämmerelfe hatte sich von der Schulter des Schwarzglänzenden abgestoßen und flog in Spiralen nach unten. Die schwarzen Bänder um ihre Arme flatterten leise hinter ihr her. Sie landete direkt vor der Königin und öffnete ihre Hand, als entließe sie einen Nachtfalter in die Freiheit. Aber es flog kein Falter empor.

Frau Tossilo stellte sich auf die Zehenspitzen, um besser sehen zu können. Der Schattenbaum vor ihr behinderte die Sicht, also trat sie um ihn herum, zwängte sich zwischen hüpfenden Kisten und Fischwesen und grauen Umhangherren hindurch und kam schließlich ganz nach vorne.

Eine kleine rubinrote Schatulle stand auf der Handfläche der Elfe. Mit S-förmigen Symbolen auf dem Deckel.

»Das ist ein Micro-Infinity-Safe-xx57«, gab die Dämmerelfe nun kund. »Jeder wird einen erhalten.« Lautlos zog sie aus der Schatulle eine weitere ebensolche hervor, wobei die Königin ihre Arme verschränkte: »Ich werde keinen annehmen!«

»Es sind die kleinsten und stabilsten«, fuhr die Elfe unbeirrt fort. »Sie sind bruchsicher, ganz gleich, welchen Kräften sie ausgesetzt sind. Und sie sind dicht. Es dringt nichts hinein und auch nichts heraus. Weder Schall noch Rauch. Auch kein Licht. Nichts.«

»Klingt genauso wie die Löcher«, brummelte Frau Tossilo vor sich hin. Da kam die Elfe auf sie zu.

»Es sind Micro-Infinity-Safes, Verehrteste! Mit Löchern hat das rein gar nichts zu tun! Das sind kostbare Behältnisse!«, stellte sie klar.

Frau Tossilo lehnte trotzdem ab.

»Wozu soll so eine Nix-rein-nix-raus-Box denn bitte gut

sein?«, fragte in diesem Augenblick die Frau mit dem Zackengesicht.

Die Gesichtszüge der Dämmerelfe gerieten kurz in eine Schieflage. Sie wendete und glitt auf die Frau zu. Sanft wie Schnee landete sie vor ihren Füßen und öffnete ihre blasse Hand.

»Hier ist deiner. Du kannst selbst entscheiden, wofür er gut ist. Es ist für jeden anders. Du kannst dein Gold hineinstecken oder, sobald du es gestohlen hast, das Gold deines Feindes. Niemand vermag es dir dann je wieder wegzunehmen. Denn nur du kannst deine ›Nix-Box‹, wie du unsere Gabe genannt hast, öffnen.«

Die grünen Zacken der Frau zuckten ungerührt. Sie besaß kein Gold, und sie würde ihren Feinden auch kein Gold stehlen, weil es in *Secret Silence* gar keines gab.

»Du kannst aber auch eine unliebsame Erinnerung darin aufbewahren«, fuhr die Dämmerelfe säuselnd fort. »Oder ein Geheimnis. Alles ist in dieser Schatulle sicher. Nichts dringt hinein. Nichts heraus.«

»Das sagtest du bereits«, grunzte die Frau. »Eine Nix-Box für jeden von uns!« Ein Surren, und ihre Zacken zogen sich ein, und ohne einen Safe zu nehmen, stapfte sie durch die Menge von dannen. Die Königin nickte anerkennend. Die Elfe wollte noch etwas sagen, wollte die Kostbarkeit vielleicht abermals anpreisen, doch das Grollen von Der-Tod-ist-mit-ihm ließ sie innehalten.

»Du hast mir gesagt, das Geschenk sei nicht an Bedingungen gebunden! Also auch nicht ans Annehmen, XR3. Nun beeile dich. Wir müssen zurück. Unsere Abfolge wartet.«

XR3 verteilte weiter. Schneller. Im Gegensatz zu der Zackengesichtigen, freuten sich die meisten Bewohner ganz außerordentlich über die hübschen Schatullen.

Nun war auch schon Ileyor an der Reihe, der kopfschüttelnd ablehnte. Also wandte die Elfe den Blick dem Geschöpf neben ihm zu.

»D-d-der Drache!!!«, verschluckte sie sich. Ihre rubinrote Kostbarkeit fiel ihr vor Schreck, Überraschung oder Unglaube aus der Hand. Hastig hob sie sie wieder auf und holte Luft. »Ich, ich wusste gar nicht, dass hier Drachen existieren. Sonst hätte ich … sonst hätte ich natürlich ein größeres Behältnis mitgebracht. Drachengeheimnisse wiegen bekanntlich ja schwer.«

»Meine Geheimnisse wiegen nichts.« Kurmo sah ihr fest in ihr flaches Gesicht, in die leeren Augen, als könne er sie mit diesem Blick zurückschieben.

»Möchtest du mich trotzdem zu unserem Turm begleiten? Dort habe ich bestimmt ein passendes Geschenk für dich«, sagte die Elfe wieder vollständig gesammelt.

»Ich brauche nichts«, raunte Kurmo und versuchte, im Gewühl Frau Tossilo ausfindig zu machen.

Die Elfe blickte reglos zu Boden. Stand völlig starr, als ob sie in sich hineinlauschte, aber nichts hören konnte, keine Anweisungen erhielt.

Dann rief sie jäh. »Wir müssen sofort los! Unsere Abfolge wartet!« Eilig flog sie zurück zu der schwarzen Schulter.

»Aber wir haben doch noch gar nicht alle unser Geschenk erhalten!«, rief das Volk mit einer Mischung aus Verwunderung und Ärger.

Als wäre Ausverkauf, schleuderte die Elfe schnell einen riesigen Schwung roter Schatullen in die Menge, woraufhin ein wildes Gerangel entstand und mit Ausnahme der Königin niemand mehr darauf achtete, wie der Schwarzglänzende und die Elfe durch den aufgerissenen Brunnen wieder verschwanden.

»Das ist der Augenblick, in dem wir uns davonmachen«, flüsterte Ileyor, an Frau Tossilo herantretend. »Die Alarmstufe Rot ist vorüber. Wir könnten das Chaos hier noch ausnutzen und uns ein wenig durch die Lande bewegen, ehe uns wieder die Abfolge gängelt.«

Frau Tossilo lächelte ihm zu. »Sie haben recht. Das Zusammentreffen mit dieser Elfenperson war unangenehm, der Kontakt zu den übrigen Leuten ist nicht unbedingt herzlich, und die Schönheit der Geröllfläche haben wir ebenfalls genug bewundert.«

Also kämpften die beiden sich zu Kurmo zurück und gemeinsam aus dem Gedrängel hinaus. Bald lag T7 hinter ihnen. Ileyor murmelte vor sich hin.

»Was wollte diese Elfe nur, was wollte sie?«

Und auch Kurmo beschäftigte diese Frage.

Aber als sie in einen lichten Wald mit dreieckigen Bäumen und silberzarten Gräsern gelangten, fiel Ileyor plötzlich etwas ganz anderes wieder ein.

»Darf ich nun endlich erfahren, wo ihr eigentlich herkommt?« Seine kreisrunden Augen wackelten Frau Tossilo an. »Auch wenn ihr nicht die gemeldeten Eindringlinge seid, so stammt ihr nicht aus unseren Gefilden, nicht wahr?«

Kurmo nickte. Und Frau Tossilo rief ausgelassen:

»Ich erzähle Ihnen alles bei einem kleinen Rundflug. Sobald dieser Wald vorüber ist, sollten wir unbedingt fliegen. Es ist einfach phantastisch.«

Sie freute sich über Ileyors Interesse. Sie freute sich sogar so sehr, dass es in ihrer Brust flatterte und sie gar nicht merkte, dass sie auf seine Frage gar nicht antworten konnte. Denn woher sie stammte, hatte Frau Tossilo vergessen.

13
Unterwegs

Das Überblau des Himmels war heruntergezogen und verlief ins Grüngelbe. Wie lange Janka schon mit dem Loch durch das Buschland wanderte, wusste sie nicht. Zwei Stunden? Acht Tage? Oder ewig? Vielleicht war auch die Zeit stehengeblieben. Die Büsche wuchsen langweilig in der Gegend herum. Nach einer Weile sahen alle absolut gleich aus. Rostrot, ein wenig dürr, zerzaust.

Johann, dachte sie, und ein stummer Schmerz breitete sich in ihrer Mitte aus und wuchs zur Angst heran, was habe ich nur getan? Sie hatte Mühe weiterzugehen.

»Wir bewegen uns im Kreis«, murmelte sie und blieb stehen. Das Loch kroch unbeirrt weiter.

»Diese Aussage ist nicht korrekt«, hörte Janka die leere Stimme erwidern.

»Aber an dem großen runden Stein hier sind wir bestimmt schon fünfmal vorbeigekommen«, rief sie ihm hinterher. Sie begann zu zittern.

»Positiv.«

»Das ist doch nicht positiv!« Janka stampfte auf, so dass das Loch kurz in die Luft gehoben wurde. »Ich muss Kurmo und Frau Tossilo finden und nicht hier im Kreis herumrennen! Verstehst du das nicht?«

Das Loch lachte hohl.

»Wir bewegen uns nicht im Kreis. Wir verfolgen Richtung. Wir bewältigen Strecke.«

»Warum kommen wir dann immer wieder an demselben Stein vorbei?!«, fragte Janka aufgebracht.

»Normalerweise bemerkt das niemand«, antwortete das Loch.

Janka wollte abermals aufstampfen, wollte schimpfen, dass das nicht hilfreich sei, doch das Loch kam nun zügig zurückgeglitten. Direkt auf ihre schwarzen Stiefel zu. Also kletterte sie lieber hinauf auf den Stein.

»Es ist nicht derselbe Stein wie vorhin«, erläuterte das Loch. »Nur der gleiche.«

»Das verstehe ich nicht.«

»Das Buschland besteht aus acht Einzelbausteinen, die sich immer wieder wiederholen.«

»Ach so.« Jetzt, wo Janka auf dem Stein stand, konnte

sie die Gegend ein wenig überblicken und konnte tatsächlich erkennen, dass die Büsche in absolut regelmäßiger Anordnung wiederkamen. Ein monotones Muster bis zum Horizont.

Doch dann sah sie etwas, was nicht regelmäßig wiederkam, sondern aufgeregt zwischen den Büschen emporsprang. Ein braungekleidetes Geschöpf. Knielange Hosen, roter Umhang und winkend. Es sprang so sehr, dass jedes Landen auf dem harten Buschlandboden ein *Ploing* mit sich brachte.

»Futter!« Das Loch raste los.

»Nein, warte!«, schrie Janka und rannte hinter her. Das Loch wurde blitzartig groß. Janka konnte gerade noch rechtzeitig ausweichen. Der Braunklüftige sprang gekonnt über die Dunkelheit hinweg und landete in ihrer Nähe. Er hüpfte weiter auf der Stelle und winkte dabei und drehte sich.

Genauso wie Janka es vor einiger Zeit getan hatte, als sie »Figürchen« durch *Secret Silence* gelenkt hatte und Kurmo am Horizont aufgetaucht war.

»Johann«, flüsterte sie. »Bist du das?«

»Die können nicht sprechen«, erklärte das Loch und schrumpfte ein wenig. »Die sind nicht sehr schlau.«

»Johann. Ich bin mir sicher, dass du es bist. Ich bin so froh, so unendlich froh, dass du da bist. Ich bin unterwegs zu einem Ort namens T7. Dort halten sich Kurmo und Frau Tossilo auf.«

»Die können auch nicht hören«, erklärte das Loch. »Die sind wirklich sehr dumm.«

Stumm streckte der Braunklüftige seine Hand nach Janka aus. Sie ging auf ihn zu.

»Abstand halten!«, riet das Loch. »Die sind auch sehr hinterhältig!«

Janka ergriff die ihr dargebotene Hand. Sie fühlte sich wie eine zerschlissene Plastiktüte an, aber Janka war trotzdem glücklich, sie zu halten.

Das Loch verengte sich weiterhin und versuchte, sich gleichzeitig unauffällig zu nähern. Janka stellte sich vor den Braunklüftigen.

»Wehe, wenn du ihm was tust!«, fauchte sie so schneidend, dass das Loch ruckartig stehen blieb.

»Nun gut«, kam es aus der Leere. »Ich tue ihm nichts. Ich verspreche es.«

»Gut. Dann können wir jetzt ja weiter.«

»Er kann nicht mitkommen. Den Helden ist der Zutritt zu T7 versagt«, erklärte das Loch.

»Aber das ist mein Bruder!«, rief Janka und zog den Braunklüftigen noch näher zu sich.

»Er wird sich dennoch wie ein Held verhalten«, entgegnete das Loch.

»Das bestimmt«, rief Janka und lächelte stolz. »Aber nur weil er wirklich einer ist.«

Das Loch lachte.

»Du bist nicht nur nicht leer. Du bist auch noch ganz

anders. Das gefällt mir. Vielleicht könnte ich durch dich auch anders werden. Etwas sein. Wenigstens anders, das wäre, das wäre ...«

»Positiv?«, schlug Janka vor.

Das Loch ging nicht darauf ein. Es kroch suchend durch die Büsche.

»Also gut, folgt mir. Ich werde euch helfen. Aber beschwert euch nicht. Wir werden noch siebenunddreißigmal an dem gleichen Stein vorbeikommen.«

»Das macht nichts«, sagte Janka, sie war jetzt wieder voller Mut. Energisch zog sie den Braunklüftigen hinter sich her. Dann winkte sie einmal in alle Richtungen. Denn sie wusste, dass Johann weit weg, an einem anderen Ort, in einer anderen Welt vor seinem Bildschirm saß. Sie wusste, dass er sie sehen konnte, und sie wünschte sich, dass er sich nicht um sie sorgte.

Sie liefen und liefen. Bis die Büsche irgendwann aufhörten, der Boden in malvenfarbenes Geröll überging und der Himmel sowie die dunstige Luft um sie herum ins Gelbweißliche verlief. Hier war es noch langweiliger als im Buschland. Dass die Schritte Staub aufwirbelten, war das Einzige, was passierte.

Mit einem Mal verharrte das Loch.

»Hier ist es sehr anders als sonst«, behauptete es.

»So? Dann dürfte es dir ja gut gefallen«, antwortete Janka.

Das Loch setzte sich wieder in Bewegung, änderte aber die Richtung. Dann verharrte es wieder und änderte die Richtung erneut.

»Anders. Anders, sehr anders«, brabbelte es vor sich hin. Janka hatte keine Lust, dem merkwürdigen Zickzackkurs zu folgen. Sie hielt den Braunklüftigen fest und wartete darauf, dass sie den Kurs nach T7 wiederaufnehmen würden.

Plötzlich glitt das Loch senkrecht in die Luft. Als hätte dort jemand eine unsichtbare Wand eingezogen, auf der es entlangkriechen konnte.

»Anders. Alles anders. Sehr anders.«

»Können wir jetzt bitte weiter?«, rief Janka ungeduldig.

»Korrektur. Nicht alles anders. Zweidrittel anders«, kam es von oben.

»Ich bin auch anders. Ich habe nicht alle Zeit der Welt und kann nicht ewig in diesem Spiel bleiben. Ich sterbe dann, falls du weißt, was das ist.«

Schschwppp.

Wie ein labbriger Pfannkuchen, der aus der Pfanne geschleudert worden war, fiel das Loch direkt vor Jankas Füße.

Ein bedrohlicher Sog ging von seiner Dunkelheit aus. Aber Janka glaubte, ganz unten ein Kräuseln zu sehen, kein dunkles, sondern ein lichtblaues!

Vielleicht könnte ich, sie streckte ihre Hand nach dem Kräuseln aus – *rrrkkkkk* – und wurde nach hinten geschleudert.

Der Braunklüftige hatte sie heftig an der Hand gerissen und durch die Luft katapultiert. Hart schlug sie auf dem Geröll auf.

»Hey Johann, bist du bescheuert?!«

»Hinterhältig«, murmelte das Loch. »Sehr hinterhältig, wie immer.«

Der Braunklüftige stellte sich breitbeinig zwischen Janka und das Loch und winkte abwehrend mit beiden Armen.

»Mein Bruder ist nicht hinterhältig!«, zischte Janka, rappelte sich auf und wandte sich an den Braunklüftigen. »Lass das in Zukunft! Ich kann gut auf mich alleine aufpassen!«

Dann drehte sie sich kurzerhand um und schlug die Richtung ein, in der sie zuvor unterwegs gewesen waren. T7 war schließlich noch weit. Der Braunklüftige folgte ihr, und mit etwas Abstand folgte ihnen das Loch.

Erst nach einer kleinen Weile, wie ein zu langsamer Gedanke, bildete sich ein Bild in Jankas Kopf ab. Während sie eben durch die Luft geschleudert worden war, hatte sie für einen Moment etwas Seltsames gesehen. Etwas, das hier gar nicht her passte.

Einen gemauerten hellblauen Turm, mit schmalen hellblauen Fenstern und hellblauer Fahne auf dem Dach.

14
Verhüllung und Verbindung

Die Luft in Jankas und Johanns Zimmer war stickig vor Anspannung. Mit geröteten Wangen und flackernden Augen saßen Johann und Marlon vor dem Bildschirm am Schreibtisch.

»Kannst du gleich übernehmen?« Johann rutschte ein wenig zur Seite. Es würde zwar umständlich werden, gemeinsam auf einer Tastatur zu schreiben. Aber Marlon musste ja eigentlich nicht wirklich schreiben, nur die Pfeiltasten drücken, um den Braunklüftigen voranzubringen.

Johann teilte den Bildschirm in zwei Hälften. Links lief nun *Secret Silence*, rechts öffnete er sein *Secret Silence*-Parallelprogramm.

»Versuch, Janka immer wieder aufzuhalten. Ich brauche noch etwas Zeit. Auf dem lila Berg habe ich ja damals den Eingang entstehen lassen, und hier im Geröllfeld wird nun auch einer entstehen. Wobei wir ihn nur als Ausgang benutzen werden.«

Leise hetzten seine schwitzigen Finger über die Tastatur. Gleich würde er sein Parallelprogramm über das Spiel legen und seine Schwester zurückraumen. Gleich war sie wieder zu Hause. Plötzlich hielt er inne.

»Was ist denn das? Wieso verändern sich auf jeder zweiten Zeile die blauen Subpixel.«

»Was bitte verändert sich?« Marlons Stirn bekam feine Falten.

»Jedes Pixel besteht aus drei Teilchen. Einem roten, einem grünen und einem blauen Subpixel. Damit reguliert man die Helligkeit und die Farben auf dem Bildschirm«, murmelte Johann. »Und hier sind die blauen ganz anders.«

»Anders? Inwiefern anders?«, fragte Marlon und beäugte die ihm völlig unverständlichen Zahlenreihen, die sich auf Johanns Bildschirmseite ausbreiteten. »Und ist das jetzt wichtig?«

Johann zuckte die Schultern. »Ich weiß nicht. Vielleicht nicht, aber komisch ist es schon.«

»Neeeiiiinnnnn! Das gibt's doch nicht! Ich Vollidiot!« Marlon riss seine Hände von den Tasten und schlug sie sich vors Gesicht.

Er hatte zu lange Johanns Zahlenreihen angesehen. Er hatte nicht aufgepasst. Das Loch hatte seinen Braunklüftigen verschlungen.

»Bist du bescheuert?!!!«, brüllte Johann.

***

»Bist du wahnsinnig?!!!«, brüllte Janka, riss den nächsten Geröllklumpen hoch und schleuderte ihn in das Loch. »Das war mein Bruder! Du verdammtes Scheißding! Du hast mich angelogen! Du hast gesagt, du tust ihm nichts!«

Das Loch zog sich ruckartig zusammen. Mehrmals. Wie ein Magen, der sich übergeben wollte.

»Es geschah nicht mit Absicht. Dieser Held war auf einmal so unvorsichtig. Er war auf einmal ganz anders. Anders als zuvor. Es war jemand anderes.«

»Ich hab genug von deinem Anders-Gequatsche!« Janka zersprang fast vor Wut. »Jetzt bin ich hier wieder allein!«

»Positiv«, kam es zerknirscht von dem Loch.

»Du weißt ja nicht, wie das ist, in einer fremden Welt allein zu sein«, stieß Janka hervor, und eine Träne rann über ihre Trickfilmwange. Bebend wischte sie sie weg.

Das Loch sagte nichts mehr. Es war jetzt nur noch so groß wie Jankas Bauchnabel in der wirklichen Welt.

Janka ließ sich ins Geröll sinken.

Flüsternd kroch das Loch neben sie. »Ich bin bei dir.«

»Lass mich gefälligst in Ruhe!«, schrie Janka.

»Durch dich bin ich etwas geworden. Du bist also nicht allein«, antwortete das Loch.

Janka war zu wütend, um sich dadurch getröstet zu fühlen. Außerdem war das Loch niemand Echtes. Zwar war auch der Braunklüftige nicht echt gewesen, aber seine Anwesenheit hatte ihr gutgetan, weil sie wusste, dass Johann sie dadurch sehen konnte.

Sie seufzte verstört. In einem Computerspiel zu sein war wirklich nicht einfach.

Was ist eigentlich echt? Bin ich es noch? Warst du es, Kurmo? Und wo bist du jetzt?

»Steh auf! Geh weiter«, sagte das Loch. »Du musst in Bewegung bleiben.«

Janka kickte gegen einen Stein und blieb, wo sie war.

»Steh auf, und geh weiter! Sonst wirst du wie ich«, prophezeite das Loch.

Das half. Janka zwang sich wieder nach oben und klopfte sich den Staub aus der Kleidung.

»Die Luft wird gerade sehr anders«, merkte das Loch an.

»Das ist nur Staub. Der legt sich doch gleich wieder.« Janka wollte gerade losstapfen, da bemerkte sie, dass das Loch nicht den Staub, sondern ein Geräusch gemeint hatte. Die Luft rauschte. Als würde sie wieder und wieder von etwas Großem zerteilt.

Janka riss den Kopf in den Nacken. Für den Bruchteil einer Sekunde konnte sie noch ein helles Wischen über sich erkennen, dann wurde sämtlicher Geröllstaub in alle Richtungen gewirbelt, und der Boden erzitterte. Janka hielt schützend die Hände vors Gesicht, bis der Staub sich schließlich verflüchtigte, dann wurden ihre Kulleraugen weit.

Dort vorne zwischen zwei großen Steinklumpen stand er. Kurmo! Weiß und etwas kahl und wunderschön. Auf seinem Rücken saßen Frau Tossilo und ein merkwürdiger langer Dünner, der verunsichert um sich blickte.

»Du bist da«, raunte der Drache. »Wir haben uns gefunden.« Behutsam und mit warm leuchtenden Augen kam er auf sie zu. Janka stieß sich vom Boden ab und rannte los. Fast flog sie. Sie warf sich ihm entgegen. Sie umschlang seinen Hals und presste sich mit ihrem ganzen Wesen an ihn.

»Kurmo, o Kurmo«, schluchzte sie. Erleichtert, voll Traurigkeit und dankbarer Freude. Der Drache bewegte sacht den Kopf. Ein leiser glücklicher Ton summte tief aus seinem Inneren und wand sich um ihr Herz.

Wieder und wieder murmelte sie seinen Namen und strich dabei mit beiden Händen über die weiße schuppenlose Haut. Die war immer noch dünn und lange nicht so warm und seidig wie früher. Aber sie fühlte sich sehr, sehr echt an.

15
Drachentreffen

»Wir haben eine konkrete Spur.« Ein junger Mann mit geöltem dunklem Haar kauerte im schwarzen Ledersessel, der im kleinen Konferenzsaal von Black West International stand. Er trug Turnschuhe, ein mit orangefarbenen Schmetterlingen gemustertes Poloshirt und einen aufgeregten Ausdruck im Gesicht. Der Schmallippige hatte heute alle, die glaubten im Fall ›Drachenverschwinden‹ etwas vorweisen zu können, zu einem Meeting gerufen. Deshalb saßen sie hier jetzt auch nur zu zweit.

»Eine konkrete Spur, Mister Panshid? Brillant! Schießen Sie los!« Der Schmallippige stand auf, goss sich Wermut in ein schweres Glas und ließ Eiswürfel hinterherklirren.

Mit gierigen Schlucken stürzte er die goldene Flüssigkeit herunter und wischte sich mit dem Handrücken die dünnen Lippen trocken. Dann ließ er sich zurück in den Sessel sinken, so dass das Leder unter seinem Gewicht knarzte.

Mister Panshid holte Luft, ließ dann aber seinen Blick noch kurz nach draußen schweifen, über den weiten flussgrünen Platz. Wie kleine Schiffe glitten die weißglänzenden Shuttle darüber hinweg.

»Na los! Bringen Sie sich schon ein!«, ermunterte ihn der Schmallippige. Die Langsamkeit des Jüngeren fiel ihm auf die Nerven.

»Also, es mag sein, dass es seltsam klingt …« Mister Panshid verließ wieder der Mut.

»Sie wissen doch, Black West ist offen für alles, für Seltsames, für Neues. Denn Neues bedeutet Fortschritt. Und Fortschritt bedeutet Macht. Man muss nach dem Unmöglichen greifen, um es möglich zu machen!«

»Also«, begann der junge Mann abermals, nun etwas selbstbewusster. »Mein Team und ich, wir haben den Drachen dort gesucht, wo er hergekommen ist.«

»Sie waren in Mexiko? Wer alles? Wann? Weshalb weiß ich nichts davon?«

»Der Drache kommt unserer Meinung nach nicht aus Mexiko«, antwortete Mister Panshid vorsichtig.

»Was bitte reden Sie da? Sarvas hat das Ei aus dem Gebirge ›Sierra Madre‹ in Mexiko.«

»Mag sein. Aber bevor das Ei dort aufgetaucht ist, war es woanders.«

»Ach ja? Wo?«, stieß der Schmallippige nun doch etwas verunsichert hervor.

»Es befand sich in einem, es kommt aus ... Es war in einem unserer Computerspiele«, erklärte Mister Panshid.

»Wie bitte?«

»Der Drache ist unsere eigene Computerspielkreatur gewesen. Und nun ist er wieder solch eine Kreatur. Nur dass er jetzt nicht in einem unserer Spiele weilt. Er befindet sich in einem anderen Spiel, einem, das den Namen *Secret Silence* trägt.«

Ein Schatten lief über das Gesicht des Schmallippigen, aber er brachte doch noch ein gönnerhaftes Lächeln zustande.

»Sie wissen, dass meine Zeit kostbar ist! Erzählen Sie mir keine Cyberwitze, kommen Sie jetzt zur Sache! Ich will meinen Drachen wiederhaben! Welche reale Spur also haben Sie denn jetzt?«

»Ich meine das Ganze ernst«, beharrte der junge Mann und ließ zur Bekräftigung seinen Kopf leicht auf dem Hals hin und her wiegen.

Die habichthellen Augen des Schmallippigen zuckten. Er setzte das Glas erneut an und biss knirschend auf einen verbliebenen Eiswürfel.

»Black West International ist Fortschritt! Wir sind die Macht von morgen. Aber wir wissen trotzdem, dass auch die Technik ihre Grenzen hat. Also erzählen Sie hier kein unrealistisches Zeug. Verschwinden Sie! Ich lasse Sie nur nicht feuern, weil Sie bisher erstklassige Arbeit geleistet haben.«

»Ich könnte mein Wissen einer anderen Institution verkaufen«, flüsterte der Jüngere zu sich selbst. Doch der Schmallippige hatte es gehört.

»Sie können überhaupt nichts. Lesen Sie Ihren Arbeitsvertrag durch, sonst wandern Sie wegen Betriebsspionage hinter Gitter. Und jetzt verschwinden Sie endlich.«

Betroffen tappte der junge Mann zur Tür.

»Aber wir sind uns sicher«, wagte er, dort angekommen, noch einmal anzusetzen. »Wir haben Spuren. Es wurden eindeutige Meldungen herausgefiltert, und Rashid, Tylor und ich haben bereits gehandelt. Wir haben etwas Grandioses programmiert. Wir nennen es *Hack Tower*! Es könnte den Drachen binnen Stunden zurückholen.«

»Die Klinke an der Tür vor Ihnen ist zum Öffnen da!«, teilte ihm der Schmallippige, mit zusammengebissenen Zähnen und ohne ihn noch einmal anzusehen, mit.

Für einen langen Moment stand Mister Panshid unschlüssig da. Schließlich sank er zusammen und verließ den Raum.

Der Schmallippige blies verächtlich Luft über seinen dünnen Mund und schüttelte den Kopf. Er goss sich noch einmal nach. Und noch einmal.

Doch dann begann er nachzudenken. Lange. Und schließlich tippte er einen Befehl in sein Handy:

Bestellt Sarvas noch einmal ein.

***

Frau Tossilo war von Kurmos Rücken gerutscht. Das Mädchen in dem hellroten Kleid und den Schnürstiefeln, das da ihrem Drachen am Hals hing, wandte sich jetzt ihr zu. Seine schwarzen Kulleraugen bekamen leuchtende Kreise, sein Mund schob sich zu einem Lächeln hoch, dann rannte es auf sie zu. Wie nett! Derart freudig war hier bisher noch niemand gewesen.

»Frau Tossilo! Ich bin ja so froh«, rief das Mädchen jetzt und fiel ihr um den Hals.

Wirklich sehr kontaktfreudig.

»Ja, ich freue mich auch, dich kennenzulernen«, gab Frau Tossilo gerührt zurück.

Janka lachte. Sie glaubte, diese Begrüßung sollte ein Witz sein. Dass Frau Tossilo sich nicht mehr erinnerte, wer sie war, konnte Janka schließlich nicht ahnen.

»Wo ist Johann?«, wollte Kurmo wissen.

»Jo ist nicht hier. Er ist draußen, er ist zu Hause. Wir waren …«

»Dürfte ich mich kurz vorstellen? Mein Name ist Ileyor.«

Der lange Dünne stand plötzlich neben Janka. Etwas ruckelig hielt er ihr seine feingliedrige Hand hin. Sie fühlte sich bröselig an. Nicht ganz so plastiktütengleich wie die des Braunklüftigen, aber auch nicht so echt und pulsierend wie Kurmos Hals.

»Es freut mich, Sie kennenzulernen«, sagte Janka hastig höflich, dann wollte sie sich wieder an Kurmo und Frau Tossilo wenden und schnell erzählen, wo Johann war und dass Frau Tossilo und sie selbst hier dringend rausmussten. Doch da rief Ileyor:

»Oh! Seht dort!« Die langen Finger zeigten auf den Schatten eines Geröllklumpens. Auch wenn es momentan nur so groß wie Ileyors Kreisaugen war und es sich bisher nicht gerührt hatte, Ileyor hatte das Loch trotzdem bemerkt.

»Ein Rebell!« Die hallende Raumschiffstimme echote vor Bewunderung. »Ein leerer Rebell.«

»Positiv«, tönte es unter dem Stein hervor. »Gerade in der Leere kann Abscheu entstehen.«

»Abscheu?«, fragte Frau Tossilo interessiert, machte ein paar Schritte auf die im Schatten liegende Öffnung zu und bückte sich. »Abscheu gegen was?«

»Gegen die Abfolge natürlich!«, antworteten das Loch und Ileyor gleichzeitig.

»Frau Tossilo, gehen Sie nicht so dicht ran«, riet Janka, aber Ileyors Begeisterung übertönte ihre Warnung.

»Noch nie habe ich einen derart radikalen Rebellen getroffen. Können wir uns zusammentun?«

»Frau Tossilo, gehen Sie mal lieber wieder ein paar Schritte nach hinten.«

Das Loch kam langsam aus dem Schatten heraus. Ileyor sprach aufgeregt beschwörend auf es ein.

»Wir sollten uns austauschen. Vielleicht könnten wir sogar gemeinsam ein weiteres T7 entstehen lassen. Oder sogar ein T9! Einen Ort, der nicht nur für die Helden unerreichbar ist, sondern auch die Systemtreuen fernhält. Einen Ort für neue Ideen …«

Kurmo schlang seinen Schwanz um Frau Tossilos Taille und zog sie vorsichtshalber ein wenig zurück.

»… einen Ort für die Freiheit. Innerlich und im Außen. Was sagst du dazu, leerer Rebell, Bruder im Geiste? Was sagst du dazu? Bist du für so etwas zu haben und bereit?«

Für einen kurzen Moment war es still, wie in einem Vakuum, als wären sämtliche Geräusche aus der Welt gezogen worden. Dann brodelte aus dem Loch die Antwort empor: »Positiv.«

Frau Tossilo blickte, von Kurmo immer noch festgehalten, in das Loch. Dann zu Ileyor und wieder zurück.

»Sie wollen einen neuen Ort erschaffen? Einen positiven Ort? Einen Ort der Freiheit? Also, ich bin dabei!«

»Frau Tossilo!«, brüllte Janka jetzt dazwischen und stemmte die Hände in die Seiten. »Ich muss mit Ihnen reden. Auf der Stelle! Es ist wichtig! Wir müssen hier verschwinden! Wir dürfen nicht länger hier drinbleiben. Wir müssen nach Hause! Wir …«

Janka kam wieder nicht weiter. Denn eine große Gruppe graugekleideter Herren kam plötzlich über das Geröll gerannt. In rechteckiger Aufstellung, elektronisch schnell und direkt auf sie zu. Ihre grauen Umhänge flatterten rhythmisch hinter ihnen her, und aus ihren Nasen drangen Nebelschwaden.

»Was geht hier vor?« Stimmen wie Draht. Schon waren sie heran. »Weshalb seid ihr nicht in der Abfolge?«

»Wir sind eine, wir sind auf einer Sondermission«, behauptete Ileyor hastig.

»Zeigt die Genehmigung der Königin!«, schnarrte die graue Truppe, und ihre Umhänge waberten nach vorne, als seien es Arme, die nach Ileyor greifen wollten. Sein langer Kopf zitterte, als seine Hand in die Tasche des Gehrocks glitt, aus der leider nur die Pergamentrolle und keine Genehmigung hervorkam.

Laserschnell wurde ihm die Rolle entrissen und er selbst in einen metallisierten Griff genommen. Weitere graue Hände schnappten Frau Tossilo und Janka. An Kurmo trauten sich die Umhangherren nicht heran.

»Lasst meine Freunde los«, schnaubte der Drache auch schon.

»Ruft mehr Versionen«, riefen die grauen Umhangherren. »Schnell!«

»Das werdet ihr nicht tun!« Kurmos Schwanz stellte sich drohend in die Höhe, sein Maul öffnete sich, und kleine Feuerbälle sprangen heraus. Den Grauen vor die

Füße. »Alles, was ihr tun werdet, ist, uns gehen zu lassen!«

»Schon gut, Drache, schon gut. Die Frau und das Mädchen können ja gehen.« Sie schleuderten Janka und Frau Tossilo über das Feuer. Kurmo fing sie mit dem Schwanz auf und verfrachtete die beiden sicher auf seinem Rücken.

Janka umklammerte Frau Tossilo.

»Schnell, Kurmo!«, rief sie. »Zum Pyramidengebirge.«

»Ja, verschwindet!«, riefen die grauen Umhangherren mit kehligem Lachen. »Wir haben Ileyor. Dieser alte Abfolgenverweigerer wird endlich vor Gericht gestellt.« Sie formierten sich wieder und wollten gerade losrennen, als eine leere Stimme zu sprechen begann.

»Die Hälfte eurer Aussagen erweist sich als nicht korrekt!«

Die Grauen fuhren zusammen. Sie hatten das Loch bisher nicht bemerkt. Doch jetzt, da eine dunkle Lache über den Boden floss und ziemlich unübersehbar wurde, blieb ihnen gar nichts anderes mehr übrig.

»Die Genehmigung für unsere Sondermission habe ich«, kam es aus der Tiefe hervor. »Und die Genehmigung ist anders. Sehr anders. Und nicht positiv!«

Die Grauen rückten dichter zusammen. Alarmiert. Dann wieder weiter auseinander, wie eine Krähenschar, auf die ein Adler niederschießt. Das Loch machte sie sichtlich nervös. Aber dass etwas anders sein sollte, machte sie noch viel nervöser.

»Die Genehmigung ist anders, und sie ist dort«, setzte das Loch nach, zog sich lautlos wieder zusammen und glitt zwischen dem Geröll hindurch und davon. Dabei war es, als zöge es eine unsichtbare, saugende Schleppe hinter sich her. Die Grauen ließen Ileyor zwar nicht los, aber sie folgten dem Loch. Wehrlos wie Staubteilchen, die in einem Strudel gefangen waren.

16
Ein positiver Ort

»Los, Kurmo! Hinterher.« Frau Tossilo richtete sich auf dem Drachenrücken auf. »Wir müssen Ileyor beistehen.«

»Nein, warte!«, rief Janka. »Wir dürfen nicht länger bleiben. Wir müssen hier raus, zum Eingang im Pyramidengebirge, Kurmo, schnell!«

»Nun hör gut zu, du Kind.« Frau Tossilo warf Janka einen strengen Blick über die Schulter zu. »Du kannst nicht einfach hier aufkreuzen und uns erzählen, was wir dürfen und was nicht. Ileyor ist unser Freund. Wir lassen ihn weder von dieser grauen Möchtegernpolizei mitnehmen, noch lassen wir ihn allein mit dem positiven Rebellen. Wer weiß denn schon, wie positiv der letztendlich ist.«

»Aber das ist doch alles gar nicht echt! Die sind nicht echt! Ileyor ist nicht echt! Er ist nicht lebendig, er ist doch nur eine Computerspielfigur!«, schrie Janka fassungslos, aber dann biss sie sich auf die Lippe. War Kurmo das nicht auch, eine Computerspielfigur? Und wenn es um ihn ginge, dann würde sie schließlich alles riskieren, echt hin, echt her. Sie zitterte, in ihr strudelten die Gefühle wirr umher.

»Was bitte soll das sein, eine Computerspielfigur?«, grummelte Frau Tossilo. »Das habe ich ja noch nie gehört.«

»Janka«, raunte der Drache. »Du hast recht. Ileyor ist ein Geschöpf aus *Secret Silence.* Er ist nicht wirklich. Doch er hat uns lange begleitet und geholfen. Auch etwas, was nicht wirklich ist, kann einem viel bedeuten.«

»Und du, Kurmo? Bist du …?«, unterbrach ihn Janka und verstummte, weil ihr plötzlich viele Computerspieltränen über ihr glattes Gesicht rannen. Sie wischte sie fort, dann rutschte sie langsam vom Drachenrücken hinunter. Sie musste ihrem Freund jetzt in die Augen sehen.

»Was bist du, und wo kommst du her?« Ihre Stimme bebte. Gleich würde er ihr antworten, würde sagen, dass auch er nur ein Produkt aus Zahlen und Zeichen war.

»Ich komme, und ich gehe. Und im Moment bin ich einfach«, antwortete der Drache, und sein Blick war voller Liebe. »Ich bin wirklich. Wirklich und echt, Janka.«

Dann lief er los, folgte dem Sog des Lochs. Janka setzte sich neben ihm in Bewegung.

»Aber Sarvas hat gesagt, er habe dein Ei aus einem Spiel.«

»Das mag sein. Das heißt jedoch nicht, dass auch ich diesem Spiel entstamme. Ich habe das Ei des Sherpas, als es tatsächlich in der wirklichen Welt angekommen war, nur benutzt, um auf diese Welt zu kommen.«

»Auf diese Welt zu kommen? Von woher denn?«

»Von dort, wo du auch herstammst, Janka. Von dort, woher der Samen eines Baumes kommt, der die Möglichkeit, der das komplette Bild der alten Eiche, die er werden kann, in sich trägt.«

»Jetzt redet nicht so viel«, zeterte Frau Tossilo. Sie hatte nicht zugehört, oder vielleicht verstand sie auch einfach nicht mehr, worum es bei dem Gespräch ging. »Redet nicht, sondern lauft lieber schneller, wir dürfen diese graue Bande auf keinen Fall verlieren!«

Janka und Kurmo beschleunigten ihr Tempo und redeten trotzdem weiter.

»Drachen gab es bisher eigentlich gar nicht. Nur in Geschichten. Deswegen dachte ich, deswegen habe ich geglaubt, dass du …« Janka stockte.

»Unsere Art gab es früher, als andere Temperaturen auf der Erde herrschten. Und es gibt uns immer noch, jedoch in anderen Dimensionen. Drachen werden geboren, wenn die Wärme steigt. Wir sterben wieder, wenn die Kälte sich erneut auf dem Planeten auszubreiten beginnt. Das war in alten Zeiten so, und es wird in kommenden so sein.«

Kurmo lief schneller, aber Janka hatte keine Mühe, Schritt zu halten. Nicht nur weil das Bewegen im Computerspiel einfach war, sondern auch weil sie sehr erleichtert war. Unendlich erleichtert und froh. Kurmo war echt. Seine Liebe war echt. Wie hatte sie nur jemals daran zweifeln können?

»Ich bin nur ein Vorbote. Ein Drache der Erneuerung«, fuhr Kurmo nun fort. »Sobald die Ausgleichshandlung geschehen ist, werde ich eure Welt, die Welt, in der Johann weilt, auch wieder verlassen müssen.«

»Dann soll diese dumme Ausgleichshandlung nie geschehen, Kurmo! Nie«, rief Janka und kickte im Vorbeirennen einen Geröllklumpen zur Seite.

Dann dämmerte ihr, was es bedeutete, wenn Kurmo doch keine Computerspielschöpfung war.

Sie sprang ihm in den Weg und breitete die Arme aus. Abrupt hielt er an.

»Es ist sehr ungesund, hier drin zu sein! Wir müssen zurück. Frau Tossilo, ich und auch du.«

»Aber das können wir doch nicht«, erinnerte sie Kurmo. »Das Peilpulver ist in mir, in jeder Zelle meines Körpers.«

»Du musst gegen Black West kämpfen! Black West kannst du besiegen, die Auswirkungen, die dieses Computerspiel mit sich bringt, aber nicht«, sagte Janka fest.

»Jetzt sehe ich Ileyor und diese grauen Fritzen nicht mehr. Komisch. Los, Kurmo, lauf weiter oder flieg los«, rief Frau Tossilo wieder dazwischen. Ob Kurmo nun weiterlaufen wollte und Janka deshalb auf seinen Rücken hob, oder ob er es tat, weil er sofort mit ihnen zum Pyramidengebirge fliegen wollte, wusste Janka nicht, und sie würde es auch nie erfahren.

Denn sie saß jetzt auf seinem Rücken, der Drache machte zwei große Anlaufschritte.

Der Schlag kam ohne Vorwarnung.

Bumm!

Kurmo riss den Kopf zurück und gab gleichzeitig ein grell pfeifendes Geräusch des Schmerzes von sich. Frau Tossilo klammerte sich an seinen Hals. Janka aber stürzte hinunter, zurück ins Geröll. Kurmo war gegen etwas gestoßen. Als wäre er gegen eine unsichtbare Wand gerannt. Janka rappelte sich wieder auf.

Überall war dichter bläulicher Dunst. Schon konnte sie Kurmo und Frau Tossilo kaum mehr erkennen.

»Anders, sehr anders«, war die Stimme des Lochs zu hören. Sie ertönte nicht vom Boden, sie wehte hohl aus der Luft heran. Von weit, weit oben.

Janka machte einen tastenden Schritt durch den Nebel zur Seite. Kurmo folgte ihr. Tappend, kratzend über die Steine. Es war, als wäre die Luft nicht mehr Luft, sondern als bewegten sie sich hier durch zähen blauen Teig. Richtig anstrengend war das.

Noch mehr vorsichtige Seitwärts-, Rückwärts- und wieder Vorwärtsschritte.

Plötzlich wurde die Farbsättigung wieder schwächer,

blasser und lichtete sich schließlich gänzlich. Als würde jetzt das Blau von einem überdimensionalen Staubsauger oder, besser gesagt, Farbsauger herausgesaugt werden.

Es war aber kein Farbsauger und auch kein Programm für Farbverlauf, es war das Loch, das sich dem blickdichten Blau angenommen hatte.

Janka, Kurmo und Frau Tossilo konnten also nun wieder klar und deutlich sehen.

Ein wenig entfernt stand Ileyor, umgeben von den grauen Umhangherren, und alle blickten betäubt nach oben.

Auf die wuchtige Mauer eines Turms, auf der das Loch sich brabbelnd hinaufbewegte.

»Seht her. Anders, wie vorhergesagt. Äußerst anders. Nicht positiv. Äußerst gefährlich.«

Neben dem Turm, dessen Mauern zu detailliert dargestellt waren, stand ein ebensolcher. Düster und unheilvoll. Und ein dritter leicht dahinter. Und noch viele weitere, die jedoch zum Teil nur zur Hälfte fertig gebaut worden waren. Es fehlte der obere Teil mit den schmalen Fenstern und der Fahne auf der Spitze.

»Tower Fights«, flüsterte Janka, rückte näher an Kurmo und legte ihre Hand an seine seidige Flanke.

Das ist der Turm, den ich vorhin gesehen hatte. Und der, den Johann und ich beim Secret-Silence-Spielen am Horizont erblickt haben. Ja, das ist er. Das ist der Turm aus Barans Spiel. Janka war verwirrt. Es waren zu viele Informationen.

Sie rieb über Kurmos glatte Haut, um sich zu sammeln und auch um den Plan festzuhalten, Kurmo und Frau Tossilo und sich selbst schnellstmöglich aus dem Spiel herauszubringen. Denn diese Mauern hier waren so überwältigend, dass die dringende Heimreise irgendwie in den Hintergrund rückte.

Die grauen Umhangherren erwachten aus ihrer Starre.

»Betrug!«, brüllten sie. »Alarm! Die verfluchte Elfe und der Schwarzglänzende haben uns belogen! Von einem Turm war die Rede! Und davon, dass sie ihn zurückziehen! Jetzt stehen hier aber ganz viele!«

Wütend rissen sie ihre Umhänge nach oben. Dann stürmten sie auf die schweren Türen am Fuße der Türme zu und begannen, an ihnen zu rütteln, zu treten, zu zerren.

Die Pforten öffneten sich nicht. Und Janka musste daran denken, wie auch Johanns Kämpfer diese Tür nicht hatte öffnen können. Das hatte nur die Elfe vermocht.

Außer sich vor Zorn begannen die grauen Umhangherren nun, ihre Umhänge zu schütteln, und *plong plong plong* fiel etwas heraus ins Geröll. Sie begannen, darauf herumzutrampeln.

»Lass uns ziehen, Loch!«, zeterten ihre Drahtstimmen dabei. »Lass uns gehen! Die Königin muss sofort informiert werden. Wir brauchen sämtliche Versionen zur Verstärkung. Bedenke, wenn die Kreaturen aus Tower Fights uns hier in Secret Silence übernehmen, wird auch deine Welt zu Ende sein. Zu Ende wird dein Nicht-Sein sein.«

Bei diesen Worten geriet das Loch aus der Form, wurde dunkler als die Nacht.

Sssssssppppp.

Es fiel von der Turmspitze herunter, wie ein erloschener Stern. Sein Sog entwich aus der Umgebung, und die grauen Umhangherren begannen, sich sogleich zu ihrer rechteckigen Aufstellung zu formieren. Ehe Frau Tossilo oder Kurmo einen klaren Gedanken fassen konnten, schossen die Grauen auch schon davon.

Frau Tossilos Herz machte einen Satz.

»Ileyoooooooor!«

Für Ileyor war es gut, dass Frau Tossilo sich nicht mehr an ihr Leben im Hochhaus erinnerte. Dass sie nicht mehr wusste, dass sie einst in einer anderen Welt gewohnt, gefühlt, geliebt hatte, denn so wurde auch sie nun unglaublich schnell.

In einer Viertelsekunde richtete sie sich auf Kurmos Rücken auf, riss sich den pinken Stiefel vom linken Fuß und schleuderte ihn dem davonstiebenden grauen Rechteck hinterher. Mit einem brausend rhythmischen Bumeranggeräusch raste der Stiefel durch die Luft und direkt in die Truppe hinein. *Peng!* Die Formation kam durcheinander.

»Los, hinterher«, rief Frau Tossilo, und der Drache erhob sich in die weiß-gelbe Luft. Die Umhangschar ordnete sich neu und verschwand auch schon am hügeligen Horizont. Kurmo und Frau Tossilo setzten jedoch dort auf, wo das Geröllfeld in eine Steppe aus federartigen Gewächsen überging.

Inmitten von in den Boden gestampften haarfeinen Halmen lag Ileyor. Mit zerrissenem Gehrock, wackelnden Kreisen in den Augen und einer leuchtend pinken Beule am Kopf.

Als Frau Tossilo sich über ihn beugte, wackelte sein Mund in ein krummes Lächeln.

»So jemanden wie dich gibt es kein zweites Mal«, ertönte seine Raumschiffstimme.

Frau Tossilo fuhr ihm behutsam über die lange Stirn.

»Nicht sprechen, mein rebellischer Held, nicht sprechen.«

Vorsichtig richtete sie ihn auf, da brach es aus ihm heraus.

»Wollen wir uns einspiegeln?«

»Einspiegeln?«, fragte Frau Tossilo

»Du und ich«, fügte Ileyor hinzu.

Frau Tossilo geriet in Verzückung. »Was auch immer das ist, es hört sich schön an, und ich sage gerne Ja.« Sie nahm Ileyors schmale Hand in ihre und drückte sie sich gegen ihre Wange. Vielleicht würden sie sich ja hier und gleich einspiegeln. Doch diese Rechnung hatte sie ohne Kurmo gemacht. Ohne Sinn für Romantik zurrte er seinen

Drachenschwanz um die beiden herum und transportierte sie – *zack* – auf seinen Rücken.

»Halt ihn fest, vielleicht ist er noch wacklig«, sagte er nüchtern. Sie mussten, so schnell es ging, zu Janka zurück.

17
Johann und Marlon

Die Junisonne brannte immer noch schmerzhaft auf Berlin herunter, obwohl der Nachmittag sich schon langsam in Abend verwandelte. Inmitten der Geräusche der Stadt, dem immer anwesenden Rauschen, klangen die Glockenschläge eines Kirchturms durch das geöffnete Fenster des neunten Stocks.

»Es ist ja schon voll spät«, stellte Marlon jetzt fest. »Soll ich meine Mutter vielleicht fragen, ob ich bei euch übernachten darf?«

Johann sah auf die Zeitangabe des Bildschirms.

»Gute Idee«, murmelte er und tippte weiter. Es war schwierig, den Ausgang zu programmieren, viel schwieriger als damals den Eingang im Pyramidengebirge. Irgendetwas hatte sich in *Secret Silence* verändert.

»Ist das einfach so okay für deine Eltern?«, wollte Marlon wissen.

Was? Erst da dämmerte Johann, dass sein Vater bald von seinem Bewerbungstraining und seine Mutter von ihrem Studiensamstag nach Hause kommen würden. In seiner Brust wurde es noch enger, als es ohnehin schon war. Was, wenn er Janka bis dahin noch nicht zurückgebracht hatte? Was dann? Er war schuld. Er allein. Er hatte seine Schwester in diese Lage gebracht.

Er brauchte unbedingt mehr Zeit.

Hastig gab er dem Laptop noch eine Kombination, dann zog er sein Handy aus der Hosentasche und schickte dem Vater eine Nachricht.

Ist es okay, wenn Marlon heute bei uns schläft? LGJ

»Darf ich dein Handy ausleihen, um meine Mutter anzurufen? Ich hab ja noch keines«, fragte Marlon, und als Johann es ihm reichte, begab er sich damit zum Telefonieren in den Gang.

Johann schob seinen Schreibtischstuhl übers Laminat zurück, stand auf und schnappte sich Jankas Rucksack aus der Ecke. Er begann, ihn zu durchwühlen. Mal sehen. Samtblauer Trainingsbody, verknäulte Socken, Haargummis, Handy. Heraus damit, eingeschaltet.

Jankas PIN war die Hochhausnummer plus die des Stockwerks.

Tipp, tipp.

Nanu? Die Zahlen stimmten nicht. Er probierte es mit der Uhrzeit vom Zirkustraining. Auch falsch.

Er sah im Zimmer umher. Sein Blick glitt über die Flauscheteppichrolle am Boden und blieb dann an Jankas übervollem Bücherregal kleben. Welche Zahlen hatte sie nur genommen?

»Ich darf hierbleiben! Ich soll nur morgen spätestens zum Mittagessen daheim sein.« Marlon stand wieder im Türrahmen. Schüchtern lächelnd, mit auf den Kopf geschobener Brille und Daumen hoch. Plötzlich kam Johann ein Gedanke.

»Wann hast du Geburtstag?«

»Im Dezember, wieso?«, fragte Marlon.

»Genauer.«

»Am Nikolaustag, warum denn?«

»Ach, nicht so wichtig«, brummte Johann und tippte 0612 in Jankas Handy.

»Code angenommen« erschien auf dem Minidisplay. Er grinste. So, so, Schwesterherz.

Dann schrieb er:

Liebe Mama,
darf ich eventuell heute bei Lenya übernachten? Vielleicht komme ich aber auch nach Hause. Es ist noch nicht ganz

klar. Ich habe alle Hausaufgaben und den Amazonasvortrag schon erledigt. Ich hab dich sehr lieb, tausend Küsschen, Deine Janka.

Wenig später kamen die Antworten der Eltern. Beide hatten nichts gegen Übernachtungen einzuwenden. Weder gegen echte noch gegen erfundene.

Also setzten sich Marlon und Johann wieder gemeinsam an den Schreibtisch vor den Bildschirm. Jeder seine Aufgabe verfolgend. *Tipp. Klick, klick.*

»Ich hab Janka wieder! Dahinten, das kleine Rote da!«, rief Marlon aufgeregt.

»Super!«, sagte Johann.

»Und hier, das könnte doch der Drache samt eurer Nachbarin sein. Und wer ist der mit dem langen Kopf, den sie da mit beiden Armen umschlungen hält?«, meinte Marlon.

Johanns Augen flimmerten auf Marlons Bildschirmhälfte.

»Keine Ahnung, ich habe nur uns hineingeraumt, niemanden mit einem langen Kopf.«

Aber als Marlon den Braunklüftigen etwas näher in die Szene springen ließ, erkannte Johann die Gestalt. Der Typ, der da vor Frau Tossilo auf Kurmos Rücken saß, stand doch normalerweise hinter einem Baum auf Level acht und hatte eine Rätselrolle in der Hand.

Echt, Frau Tossilo? Was soll das denn jetzt?, dachte er,

und zu Marlon sagte er: »Wenn du nah genug dran bist, dann versuche, Frau Tossilo von Kurmo irgendwie runterzulocken. Auf keinen Fall darf ich ihn mit herausräumen. Und den Langkopf sowieso nicht.«

Ein warmer Windstoß fuhr ins Zimmer und wirbelte Johanns neuste Zeichnungen, die er vorhin hastig ins Regal gelegt hatte, auf den Boden, aber er achtete nicht darauf.

»Okay, Frau Tossilo runter, Langkopf nicht. Ich geb mir Mühe«, versicherte Marlon und hüpfte Janka entgegen. Unter seinen Schulterblättern pochte es vor Anspannung, und seine Lippen taten weh vom Draufbeißen. Auf keinen Fall durfte er noch einmal ein Loch übersehen.

Dann war er an Janka heran und hielt ihr die Hand des Braunklüftigen hin. Janka nahm sie sofort und zog ihn dicht zu sich. Schade, dass das nicht echt war.

Was waren das eigentlich hier für komische Türme? Marlon war den ganzen Weg über so auf Janka fixiert gewesen und so auf der Hut vor Löchern, dass er diesen fatalen Stilbruch im Spieldesign erst jetzt richtig wahrnahm.

Er wollte Johann darauf hinweisen, aber der zappelte gerade neben ihm auf dem Stuhl herum, als müsse er damit quer durch ganz Berlin schlittern. Vielleicht sollte er ihn jetzt nicht ablenken.

Janka zog den Braunklüftigen mit sich, auf den Drachen zu, der jetzt mit seinen beiden Passagieren auf dem malvenfarbenen Untergrund aufsetzte.

Marlon winkte zu Frau Tossilo hinauf und deutete dann zum Boden. Aber Frau Tossilo schien den Braunklüftigen gar nicht zu bemerken. Sie gestikulierte nur wild mit den Armen und sah immer wieder den Langkopf an. Wie sollte Marlon sie nur herunterlocken?

»Okay, gleich hab ich's«, rief Johann jetzt und fuhr sich hastig übers Gesicht. »Wie sieht's bei dir aus?«

»Äh …«

»Hey! Da ist ja der Turm!«, brüllte Johann.

»Ja, ich wollte es dir sagen, aber …«

Johann hämmerte blitzschnell eine weitere Kombi in den Rechner.

»Marlon, das ist das Beste, wir müssen sofort raus aufs Hochhausdach.« Er schnappte sich seinen Kapuzenpulli und Marlon den Laptop unter den Händen weg und raste aus dem Zimmer.

»In der Ruhe liegt die Kraft«, sagte Marlon und stolperte hinter her.

Vor den Fahrstühlen zog sich Johann die Kapuze tief über den Kopf. Den Laptop stopfte er unter den Pulli.

»Wenn wir im Aufzug drin sind, drück bitte 16. Stock und schau am besten immer zu Boden.«

»Warum das denn?«, wollte Marlon wissen.

»Black West International hat doch da drin Mikrokameras installiert. Die sollen nichts von mir sehen und von dir am besten auch nicht viel«, erläuterte Johann.

Pling.

Die Aufzugkabine brachte einen Hitzeschwall mit sich und roch muffig, wie immer. Sie fuhren bis zum 11. Stock. Der Aufzug hielt, und der Hauswart im Unterhemd kam hereingeschnauft. Er hatte Schweißperlen auf der Stirn, und er hielt eine Akkubohrmaschine in der Hand.

»'n Abend, Jungs!«, grüßte er. »Na, macht ihr wieder 'n interessantes Projekt für die Schule?«

»Nee, kein Schulprojekt diesmal«, antworte Johann leise und starrte angestrengt auf den Aufzugboden.

»Ich dachte nur, wegen dem warmen Pullover bei der Hitze und wegen deiner Kapuzenverhüllung. Könnte ja so was sein wie 'n Abhärtetraining für den Klimawandel. So heiß wie das heute ist, bekommt man ja schon 'n Vorgeschmack.« Dann fiel sein Blick auf die Leiste mit Knöpfen für die Stockwerke. Die 16 leuchtete gelblich. »Was wollt ihr denn da oben? Euch einen Sonnenbrand einfangen?«

Johann verkrampfte sich. Vielleicht hatte Marlon das gespürt, jedenfalls sagte er auf einmal: »Eine Erfahrung hat einen Anfang, eine Mitte, und sie hat Auswirkungen.«

»Wie bitte?« Der Hauswart kratzte sich an seinem dicken Bauch.

»Der Ausflug in den 16. Stock ist eine Auswirkung einer Erfahrung, die ihren Beginn schon vor einigen Monaten hatte. Jetzt stehen wir kurz vor der Transformation«, erklärte Marlon.

»Aha. Muss man das verstehen?«

»Muss man nicht«, meinte Marlon, und der Hauswart grunzte erleichtert. Der Aufzug hielt.

»Also Jungs, wiedersehen und viel Spaß bei euren Erfahrungen. Ich repariere jetzt die Klingel von den Blaschkes, das gibt dann auch 'ne Transformation«, brummte er, ließ die Bohrmaschine kurz sirren und verließ die Kabine. Johann blinzelte Marlon mit gesenktem Kopf zu.

Auf der begehbaren Terrasse des Hochhauses war es noch heißer als im Aufzug. Es war, als hätten alle Drachen, die es jemals gegeben hatte, über Berlin ausgeatmet. Die Pappelflusen lagen auch hier überall herum. Besonders vor den Schornsteinen hatten sich richtige weiße Felder angesammelt.

»Kannst du mir jetzt mal erklären, was wir hier wollen?«, fragte Marlon und griff neugierig in den weichen Samenschnee hinein.

»Wir holen jetzt Janka und Frau Tossilo raus«, antwortete Johann. »Und wir holen Kurmo. Dazu brauchen wir Platz, sonst kracht unsere ganze Wohnung ein.«

»Aber wieso den Drachen? Der hat doch das Peilpulver abbekommen.«

»Nein!«, rief Johann energisch. »Bald nicht mehr. Es wird so sein, als hätte sich das Pulver niemals in Kurmo entfaltet. Als sei dies nie geschehen.«

»Du kannst eine Erfahrung um ihre Auswirkung bringen?«, zweifelte Marlon und drückte die aufgeplusterten Pappelsamen in seiner Hand zu einem festen Knäuel zusammen.

»Ja, vielleicht.« Johann nickte. »Wenn du nach wie vor dazu bereit bist, raume ich dich jetzt ins Spiel, du überbringst Janka eine Botschaft, und dann hole ich euch sofort alle zusammen wieder zurück.«

»Und was soll ich Janka sagen?«, fragte Marlon.

»Hol den Reset-Jack-Kelch aus dem Turm. Lass Kurmo trinken. Dann warte auf Johann.«

Und dann erklärte Johann Marlon die Nie-geschehen-Wirkung des Tranks aus *Tower Fights*.

»Glaubst du denn, dass das funktioniert? So ein Spieldrink gegen ein hochentwickeltes Überwachungsgift?« Marlon zog die Stirn in Falten. »Das ist doch, als würdest du …«

»Jede Welt hat ihre eigenen Gesetze. In *Secret Silence* funktionieren andere Dinge. Wir müssen es probieren.« Johann klappte den Laptop auf und stellte sich Marlon gegenüber. »Bist du bereit?«

Marlon sah sich um. Er sah den Samenschnee, die Umzäunung der Dachterrasse und den Berliner Abendhimmel, durchstoßen vom Hochhaus gegenüber, von Kränen, vom Fernsehturm, von Schloten. Vor seinem inneren Auge aber sah Marlon Janka. Nur sie. Wie sie sich eine haselnussbraune Haarsträhne um den Zeigefinger wickelte und lächelte. Dann blickte er zurück in Johanns erwartungsvolles, klares Gesicht. Er sah seiner Schwester so ähnlich, und Marlon vertraute ihm.

»Ich bin bereit«, sagte er.

Johann nickte dankbar, und Marlon hörte nicht mehr, wie es leise knallte.

18
Hitze und Kälte

Die Sonne war am Untergehen. Die Hitze nicht. Der Schmallippige saß allein im klimatisierten Shuttle, der soeben vom flussgrünen Platz in eine Seitenstraße glitt. Als er ausstieg, schlug ihm die heiße Luft entgegen wie eine Wand. Eilig schritt er auf eine riesige Bildschirmtür zu, die sich mit leisem Unterdruckgeräusch öffnete.

Hier im weißen Saal war es kühl. Viele Männer in gutsitzenden Anzügen und Frauen in teuren Kostümen standen in kleinen Gruppen und sprachen lautlos miteinander.

Es waren keine echten Menschen, sondern dreidimensionale Projektionen, die der Schmallippige mit einem Wischen über seine Armbanduhr verschwinden ließ. Diese

Uhr erzeugte in ihm immer ein erhebendes Gefühl, lieferte ihm den Beweis, dass er es weit gebracht hatte. Und er würde es noch weiter bringen! Denn jetzt wusste er ja die Wahrheit über den Drachen und war wieder handlungsfähig. Heute würden seine Leute einem Ereignis beiwohnen, das seine Macht unterstreichen würde.

Langsam schlenderte er die Rampe einer Bühne empor.

Der Schmallippige hatte immer geglaubt, dass Sherpa Sarvas' Vorfahren sich tatsächlich der Drachenforschung verschrieben hatten. Deswegen hatte er den Mann seinerzeit auch engagiert. Sarvas hatte ihm alte Familienaufzeichnungen von Begegnungen mit Drachen gezeigt und ihm seine halbe Kindheit berichtet. Von strengen Wintern am Fuße des Hochgebirges, von wochenlangen Märschen auf schmalen Pfaden, die an Abhängen entlangführten, Gepäck auf Schultern, auf Tieren, Einsamkeit, Stille …

Wenn ein Lager errichtet worden war, dann manchmal in der Nähe einer Steinhütte, die von hochbetagten Frauen bewohnt wurden. Sarvas hatte dem Schmallippigen ausgemalt, wie er und seine Schwester Jigme in diesen Hütten auf Fellen gesessen und mit Steinen gespielt hatten und wie sie von den runzeligen Bewohnerinnen unterrichtet worden waren. Altes Wissen über fliegende, feuerspeiende Riesengeschöpfe war an die Kinder weitergegeben worden.

Aber war das die Wahrheit gewesen? Wobei es mittlerweile einerlei war, ob Wahrheit oder nicht.

Der Schmallippige öffnete jetzt die Knöpfe seines seidengefütterten Jacketts. Er ging auf der Bühne hin und her. Sein karger Mund kräuselte sich, als er daran dachte, wie Sarvas sich vorhin in dem schwarzen Ledersessel gewunden hatte, als er ihn aufgefordert hatte, seine Geschichte einmal ein wenig weiter zu erzählen.

»Na los! Nur nicht so zögerlich!«, hatte der Schmallippige ihm nahegelegt. »Ich will nichts hören von Ihrer Kindheit, von der Flucht und dem Umzug Ihrer Familie in die Schweiz. Diesen jämmerlichen Erlebnissen will ich nicht mehr lauschen! Und schon gar nicht, wie Sie mit Ihrer Mutter, als Sie in Zürich angekommen waren, in einem Süßigkeitengeschäft gewesen sind und Sie rote Bonbons in Beerenform zum ersten Mal auf der Zunge geschmeckt haben … blablabla. Ich will jetzt endlich Fakten haben über das, was wirklich geschehen ist. Letztes Jahr in Mexiko! Wo genau noch mal haben Sie das Drachenei geborgen?«

Bei diesen Worten war Sherpa Sarvas zusammengezuckt und in der Tiefe des dunklen Sessels schier verschwunden. Gesagt hatte er allerdings immer noch nichts. Sein Gesicht war so blank gewesen wie ein erloschenes Display.

»Wenn Sie mir jetzt nicht die Wahrheit sagen, werden Sie Ihr restliches Geld niemals bekommen«, hatte der Schmallippige nachgesetzt. »Das Geld bekommt dann jemand anderes. Nämlich fähige junge Männer aus unserem Computerspiele-Sektor. Die haben eine sehr konkrete Spur von dem Drachen. Und diese Spur führt in ein … – na, immer noch schweigsam? – … Dann sollten Sie vielleicht wissen, dass ich veranlassen kann, dass in dem Altenheim Ihrer Mutter manchmal die Medikamente verwechselt werden oder dass dort das Schlafmittel ganz plötzlich etwas zu hoch dosiert wird …«

Da hatte Sarvas den Mund aufgemacht.

»Das wird auf Sie zurückkommen«, hatte er hervorgestoßen und »Sie werden ernten, was Sie gesät haben«, und dann hatte er endlich zu erzählen begonnen.

Wie er und seine Schwester, schließlich erwachsen, in die USA gezogen waren. Wie Jigme ein Astrophysik- und dann ein Informatikstudium aufgenommen hatte. Wie sie unbedingt eine Methode hatte entwickeln wollen, mit der sie beide in ihre Gebirgsheimat zurückkönnten, ohne dabei irgendwelchen Besatzern in die Hände zu fallen. Herausgekommen war aber etwas anderes.

Keine Heimat.

Kein Land.

Jedenfalls kein echtes.

»Weiter«, hatte der Schmallippige Sarvas gedrängt. »Erzählen Sie nicht schon wieder jede Einzelheit. Kommen Sie zum Punkt!«

Hätte ihm Mister Panshid nicht bereits vorher auch diese unfassbaren Cybergeschichten erzählt, dann hätte der Schmallippige Sarvas den folgenden Bericht nicht geglaubt.

»Jigme hat eine Computerlandschaft programmiert. Und nach vielen weiteren Jahren der Forschung hat sie eine Möglichkeit entwickelt, sich selbst in diese Landschaft hineinzutransferieren.«

Sarvas' Hände hatten sich zusammengekrallt, ein Zucken seine Ellbogen erfasst.

»Diese Kenntnisse hat meine Schwester auf die Spitze getrieben, und schließlich war sie in der Lage, sich in ein komplettes Computerspiel hineinzubringen. Ich habe im letzten Herbst das Drachenei nicht aus einer echten Edelsteinhöhle in Mexiko geborgen«, schloss er leise und traurig. »Ich habe es aus einer von meiner Schwester programmierten.«

Bei diesem Geständnis hatte der Schmallippige geglaubt, nackte Angst in Sarvas' Augen aufflackern zu sehen. Angst vor der Reise in solch ein Spiel? Vor seinen Erlebnissen dort? Oder vor ihm und seinem Zorn, vor Black West International und seiner weltweiten Macht? Wer wusste das schon? Aber das war ja auch einerlei.

Tatsache war, der Drache stammte also wirklich aus einem Computerspiel. Und laut Mister Panshid und seinen Kollegen befand das Vieh sich jetzt wieder in solch einem Spiel.

Wie auch immer es das bewerkstelligt hatte.

Der Schmallippige wusste ja nicht, dass Kurmo damals Frau Tossilo nicht alleine aus dem Glasbunker gerettet hatte. Dass da noch zwei Kinder in der versteckten Kuhle im Drachenrücken mitgereist gewesen waren. Dass Janka zu dem Drachen eine innere Verbindung hergestellt hatte, die weit über sein Vorstellungsvermögen hinausging. Und dass Johann mit seinem Laptop Dinge zustande brachte, für den er ihn sofort mit Topgehalt einstellen würde.

»In Ordnung, Sarvas, Sie können gehen«, hatte der Schmallippige schließlich gemurmelt.

»Mehr wollen Sie nicht? Sie verlangen keinen Plan, wie der Drache wiederzubeschaffen ist, keinen …«

»Wie gesagt, Sie können gehen. Sobald der Morgen graut, habe ich die Kreatur gefangen. Sie brauche ich dazu nicht mehr. Ihr Geld bekommen Sie, wie seinerzeit ausgemacht, sogar trotzdem, wenn natürlich nur einen Bruchteil davon. Sie müssen verstehen.«

Da war Sherpa Sarvas hinausgeschlichen, zusammengekrampft wie ein getretener Hund.

Der Schmallippige hatte sich ein frisches Glas Wermut eingeschenkt, einen Eiswürfel hinterherfallen lassen und triumphierend in sich hineingelacht. Ein Computerspieldrache war doch viel besser als ein echter, war berechenbarer und stabiler. Und Mister Panshid hatte ja gesagt, mit seinem Programm *Hack Tower* hätten sie das Vieh innerhalb weniger Stunden wieder aus dem Spiel gefischt. Also hatte er den jungen Inder samt seinem Team gleich noch einmal zu sich kommen lassen.

Jetzt blieb der Schmallippige stehen. Er atmete tief, spürte die Breite seiner Brust und die Kraft in seinen Armen. Er musste diese Arme heben, er wollte den ganzen weißen Saal umfassen. Heute Nacht würde er den Drachen fangen!

Gleichzeitig würde er heute Nacht etwas für den Black-West-Teamgeist tun. Mit einem Kampf, mit einem Cyberkampf könnten sich seine Leute mal gemeinsam austoben, ohne sich dabei in Gefahr zu begeben.

Er ließ die Arme sinken. Es war Zeit. Die Bildschirmtür öffnete sich.

Draußen fuhr ein Shuttle vor. Der junge Mann mit dem Pferdeschwanz, der damals Frau Tossilo vom Hubschrauber abgeholt hatte, stieg heraus und winkte ihm zu. Gefolgt von Mister Panshid und zwei anderen dynamischen jungen Männern. Drei weitere Shuttle kamen an und spuckten Leute der Drachentöterarmee auf den Asphalt. Mehr und mehr Wagen glitten heran und brachten mehr und mehr Leute. Alle, die von Kurmo wussten, strömten in den weißen Saal.

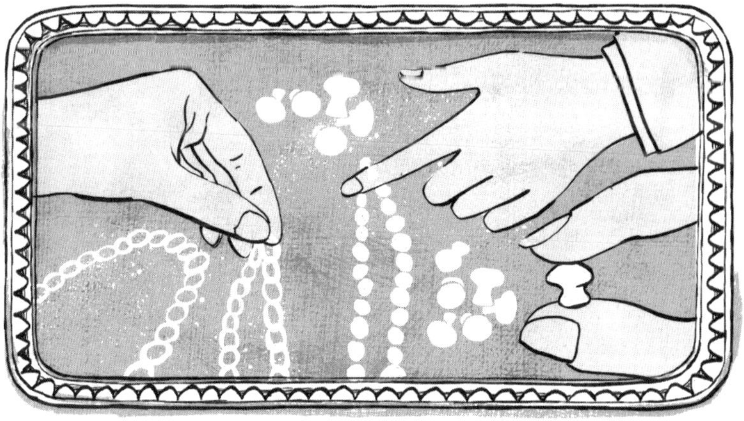

19
Drachenleuchten

»Willkommen zur *Operation Drachenleuchten!*«, rief der Schmallippige zur Begrüßung. Er hob wieder seine Arme, diesmal, als ob er nicht nur den Saal, sondern die ganze Welt umfassen wollte.

»*Operation Drachenleuchten!* Sie fragen sich, was das bedeutet?«, begann er mit geheimnisvoller Miene.

Die Leute schwiegen erwartungsvoll.

»Drachenleuchten könnte das Leuchten der Zukunft bedeuten, in welcher auf unserem Planeten die Elektrizität verschwunden sein wird und wir die Einzigen sind, die über Energie verfügen.« Er richtete seinen Blick in die Ferne, als sähe er dort etwas Wunderbares.

»Das Leuchten, das auf uns fallen wird, wenn Black West International über allem steht. Wenn sämtliche Produkte der Welt von uns produziert, jegliche Ressourcen von uns kontrolliert, jeder Gedanke, der gedacht wird, von uns überprüft werden kann. Und Sie, verehrte Mitarbeiter, Sie werden es nicht glauben, aber …«

Er machte eine dramatische Pause, um die Spannung zu erhöhen.

Die Menschen im Saal aber fuhren sich durchs Haar, hüstelten oder traten von einem Fuß auf den andern. Diese überzogenen Ansprachen mit den hohlen Sätzen über die Zukunft kannten sie alle schon. Sie hatten gedacht, heute käme etwas Konkretes. Auf dem Campus war doch vorhin von einem »Teamding«, von einem »innovativen Happening« die Rede gewesen.

»Heute spreche ich aber nicht von Zukunft!«, erhob der Schmallippige schnell die Stimme, um wieder Ruhe herzustellen, »sondern von der Gegenwart! Drachenleuchten hier und heute! Hier sind Mister Panshid und sein Team!!!«

Das Licht im Saal erlosch langsam. Die Bühne wurde mit Seiten- und Gegenlicht rosa-golden angestrahlt und bekam etwas sehr Verheißungsvolles.

Mit federnden Schritten kamen der junge Inder und zwei andere junge Männer die Rampe empor. Sie schüttelten dem Schmallippigen die Hand, als begegneten sie ihm heute zum ersten Mal. Als hätten sie mit ihm den Ablauf dieser Show nicht gerade zuvor noch besprochen.

Mister Panshid winkte einen kurzen Gruß in den Saal. Er war Publikum nicht gewöhnt, aber er sollte als Erster grüßen.

»Wir werden hier gleich großes Kino erleben«, prophezeite Mister Maize, der zweite Kopf des Teams. Er war nicht schüchtern. Seine weißen Zähne strahlten aus dem solariumgebräunten Gesicht wie sonnenbeschienener Schnee.

»Großes Kino? Brillant ausgedrückt«, lachte der Schmallippige.

»Wir, Mister Panshid, Mister Maize und ich, freuen uns, Ihnen heute Folgendes mitteilen zu können«, rief der Dritte ins Publikum und reckte dabei eine Faust nach oben. »Wir! Wir haben den Drachen wieder aufgespürt!«

Sofort entstand wogendes Interesse im Saal, und die Leute traten näher an die Bühne heran.

»Wo hält er sich auf?«, rief jemand wissbegierig.

»In *Secret Silence*«, verkündete Mister Maize.

»Wie bitte?«, kam es aus der Menge.

»*Secret Silence* ist ein Computerspiel, und unser Team hat ein Programm entwickelt, das das Black-West-Spiel *Tower Fights* mit *Secret Silence* verbindet. Damit ist es uns möglich, den Drachen wieder herauszuholen! Hierher in unsere Mitte Und dafür brauchen wir Sie! Sie alle!«

Entsetzen erfasste den Raum. Die meisten waren zwar überaus erpicht darauf, dass der Drache wieder gefangen wurde, aber doch nicht hierhergebracht! Das letzte Mal hatte er ziemlich gewütet.

Doch ehe sich jemand äußern konnte, öffnete sich die Saaltür, und herein kamen selbstfahrende Wagen, auf denen sich pilzförmige Kapseln und dünne Ketten türmten.

»Jeder kann sich einen Geruchssensor und eine Realitykette nehmen und sie sich um den Hals hängen«, erklärte Mister Panshid, der langsam seine Scheu in den Griff bekam. »Mit Hilfe der Ketten werden all unsere Bewegungen direkt auf unsere Spielcharaktere übertragen, und die Kapseln liefern den passenden Duft zur Spielszene. Alles, was Sie gleich erleben werden, wird Ihnen sehr wirklich und echt erscheinen.«

»Wieso wirklich und echt? Was werden wir denn erleben?«, fragte ein Kombattant aus der Drachentöterarmee angeregt.

»Wieso Spielcharakter? Wieso Spielszene?«, fragte ein anderer misstrauisch.

»Wir werden jetzt *Tower Fights* spielen!« Die Augen des dritten jungen Mannes funkelten, wie Johanns Augen es auch immer taten, wenn er ein neues Spiel öffnete. »Wir alle. In Teams von jeweils fünf Leuten! Wir steigen im letzten Level ein, und am Ende dieses Levels befindet sich ein Turm. Das ist der Übergang zu *Secret Silence*. Dort gehen wir auf Drachensuche!«

»Aber dauert das nicht lange?«, kam es von dem Kombattanten, der nun verstanden hatte, worauf der Plan hinauslief. »Kann man nicht direkt zu der Stelle, wo das Vieh sich aufhält?«

Mister Panshid schüttelte heftig den Kopf. Sein geöltes Haar kam ein wenig durcheinander. Dann erklärte er mit Nachdruck:

»Wir sind stolz, dass wir überhaupt irgendeinen Zugang zu diesem fremden Spiel geschaffen zu haben. So etwas ist nicht leicht.«

»Und auf diese Art werden wir viel mehr Vorfreude aufbauen können«, merkte der dritte junge Mann an. »Dinge, die man zu leicht bekommt, sind nur halb so viel wert.«

Der Schmallippige nickte. Die Show, die Spannung, die Aufmerksamkeit der anderen, das nahende Ziel, all das war ganz nach seinem Geschmack.

Mister Maize nahm das Wort wieder an sich.

»In *Secret Silence* existieren keine Waffen. Wir brauchen die Schwerter von *Tower Fights*, um den Drachen zu verwunden. Nicht nur, um ihn von *Secret Silence* nach *Tower Fights* hinübertragen zu können, denn dort muss er hin, damit wir ihn heraustransferieren, sondern …«

Der Schmallippige hob die Hand. Er wollte auch noch etwas sagen.

»Der Drache muss im Spiel so übel zugerichtet werden, dass er absolut geschwächt ist, wenn er hier bei uns in der Wirklichkeit ankommt! Dann können wir ihn mit Leichtigkeit überwältigen. Und nun hören Sie her: Jedem Team, dem es gelingt, dem Vieh eine Rückenzacke abzuschlagen, werden 5000 Bonuspunkte auf dem Firmenkonto gutgeschrieben.«

Erregung brandete durch die Leute. Einige riefen etwas, mehrere ruckelten sich ihre Realityketten nochmals zurecht, und die meisten wollten zu spielen beginnen. Das stachelte den Schmallippigen noch mehr an. Er hatte den Drachen ja immer besitzen wollen, weil er eine unerschöpfliche Energiequelle darstellte. Aber nun blitzte noch etwas anderes in seine Motivation. Rache!

Ja, er wollte sich rächen, weil der Drache ihn beim ersten Mal ausgetrickst hatte. Er würde dem Vieh also ordentlich zusetzen. Seine Rachegelüste wurden mit einem Mal so stark, dass sie seine Gier nach Energie zu überdecken begannen.

Er musste sich zusammenreißen, sonst würden die Mitarbeiter nicht mehr mitziehen. Schnell schob er seinen Brustkorb nach vorne und rief: »Für Black Wests leuchtende Zukunft, für den gesunden Fortschritt! Und jetzt lassen wir die Worte. Jetzt wünsche ich allen viel Erfolg. Lasst uns spielen! Die Jagdsaison ist … eeeeeröffnet!!!«

20
Ankunft

Janka stand vor dem Turm und wusste nicht, was sie jetzt machen sollte. Der Braunklüftige war zurückgekehrt, hatte gewinkt und sich gedreht. Johann hatte sie also wiedergefunden. Gut. Nur verstand sie einfach nicht, was er ihr mitteilen wollte. Als Kurmo mit Frau Tossilo und Ileyor wieder vor ihr gelandet war, hatte der Braunklüftige Frau Tossilo gewunken und immer wieder auf den Boden gedeutet. Dann hatte er sich plötzlich überhaupt nicht mehr bewegt, als hätte er sich in das Geröll eingewurzelt. Was sollte das bedeuten?

»Soll ich die Heldenhülle entfernen?«, bot das Loch seine Hilfe an.

»Untersteh dich«, zischte sie.

»Janka«, raunte der Drache. »Steig auf, wir fliegen jetzt zum Pyramidengebirge.«

»Ja, aber Johann will uns irgendetwas sagen, er rührt sich nicht mehr, heißt das vielleicht, dass auch wir …«

Ssssssskkkkk.

Die Luft schlug elektrische Wellen. Erschrocken ging Janka hinter dem Braunklüftigen in Deckung.

Sssskkkk. Ein grelles Zucken. Eine Art Blitz. Jetzt stand jemand vor dem Turm. Ein Junge mit hellbraunem Haar und blauem Umhang und vertraut blinzelnden Augen.

»Trage ich eine Brille?«, fragte er. »Ich kann sehen! Glasklar! Es ist alles scharf. Ohne Brille!« Er blinzelte und machte einen vorsichtigen Schritt.

Janka machte einen jähen Satz hinter dem Braunklüftigen hervor und schlang ihre Arme um Marlons Hals.

»Marlon! O Marlon, ich bin ja so froh!«, rief sie. »Ich bin, wir müssen, wir, was machst du hier?«

»Dir helfen. Wir müssen den Reset-Jack holen.« Marlon wand sich aus Jankas Umarmung heraus. »Der Drache muss trinken. Dann warten wir auf Johann.«

»Die Wiedergeburt«, kam es aus dem Loch, das sich nun hinter dem Braunklüftigen hervorbewegte. »Diesen Held hatte ich vorhin doch verschlungen. Nun weilt er also in anderer Gestalt wieder unter uns. Soll ich ihn gleich noch einmal in mich aufnehmen?«, wandte es sich an Janka. Abwartend wie ein gut abgerichteter Hund.

»Nein, sollst du nicht«, knurrte sie und versuchte gleichzeitig, den Sinn von Marlons Worten zu erfassen. Es dauerte eine Weile, denn auch in ihrem Kopf begann bereits das Puzzle der Erinnerung, merkwürdige Muster zu legen.

»Was soll ich trinken?« Kurmo schob sich dicht neben sie, und Janka legte die Hand an seine Flanke und spürte, wie die Puzzleteile sich allmählich wieder zu einem Ganzen fügten.

»Kurmo, Frau Tossilo«, begann Janka. »Das hier ist mein Freund Marlon. Johann hat ihn zu uns geschickt, damit wir alle wieder nach Hause können.«

»Huhuuu!«, winkte Frau Tossilo fröhlich von Kurmos Rücken herunter. »Huhuu, Marlönchen! Wir machen gleich einen kleinen Rundflug über das Gebirge. Das Wetter ist ja mal wieder ausgezeichnet.«

Marlon winkte kurz höflich zurück und sprach dann eindringlich auf Janka und den Drachen ein.

»Wir dürfen keine Zeit verlieren. Wir müssen sofort in den Turm und den Trank holen.« Und dann erklärte er Kurmo in aller Eile, was es mit dem Reset-Jack auf sich hatte.

»Du musst ihn trinken. Und dabei musst du dir das wünschen, was nie geschehen sein soll.«

»Das ist schwer«, raunte Kurmo. »Ich möchte alles, was ich erlebte, auch erlebt haben. Ich möchte nichts davon missen. Auch das Schwierige nicht.«

»Denk nur an das Peilpulver«, riet Janka. »Nur an das.«

»Wird dann alles, was daraus folgte, ebenfalls ungeschehen werden? Wir sind doch nur aufgrund des Pulvers in diesem Spiel. Kommen wir dann einfach zurück in die Höhle im Buchenwald? Oder zurück zu dem Moment, bevor dieses Gift mich traf?«

»Das wissen wir nicht.« Marlon stapfte bereits entschlossen auf die schmale Pforte der dunklen Turmmauern zu. »Johann hat gesagt, dass wir es einfach versuchen müssen.«

Der Drache nickte bedächtig.

»Und egal, an welchen Punkt wir zurückkommen«, meinte Janka mit einem besorgten Blick auf Frau Tossilo. »Es ist doch auf jeden Fall besser, als hier in dieser Computerwelt unser wirkliches Leben zu vergessen, oder nicht?«

»Wirkliches Leben?«, kam es aus dem Loch, das hinter ihr her kroch. »Was ist das? Wirkliches Leben?«

Janka kam nicht dazu zu antworten, denn Marlon rüttelte jetzt an der schweren Tür des Turms.

»Lass mich mal.« Sie trat vor ihn, so wie die Elfe damals, als Johann und Baran gespielt hatten, immer vor Johanns Kämpfer getreten war. Janka berührte die Klinke. Nur ganz sachte. Die Pforte knarzte und schwang auf. Kalte Dunkelheit schlug ihnen entgegen.

»Uuuh«, stieß sie erschrocken hervor und wich einen Schritt zurück, obwohl sie den unheimlichen Geruch, der aus der Finsternis nach draußen strömte, nicht riechen konnte.

Kurmo spie einen Feuerball in die Dunkelheit hinein. Eine runde Halle mit steinernen Altären und Mosaiken auf dem Fußboden wurde sichtbar. Der Feuerball schlug auf, blieb am Fuße einer gewundenen Treppe liegen. Der Raum war jetzt erhellt, das Unheimliche wich dennoch nicht.

»Wir müssen die Wendeltreppe rauf«, flüsterte Janka, »die Kammer mit dem Kelch, die war ganz oben.«

»Lass uns von außen heranfliegen«, raunte Kurmo und ließ seine Beine einknicken. »Ihr könnt durch ein Fenster einsteigen. Das ist sicherer, als dort hindurchzugehen. Am liebsten würde ich diesen Trank selbst holen, aber ich bin eindeutig zu groß für die Pforte und die Fenster.«

Janka kletterte flink zu Frau Tossilo und Ileyor hinauf und hielt Marlon ihre Hand hin: »Komm.«

»Ich bin nicht zu groß für die Pforte und die Fenster«, stellte das Loch fest.

»Ja, aber du kannst den Kelch schlecht holen«, sagte Janka und zog Marlon hinter sich. »Sobald du ihn berührst, ist er futsch!«

Da kam ein kläglicher Laut aus dem Loch. Es zog sich pupillenhaft zusammen, als würde grelles Licht in ein Auge fallen.

»Der Kelch interessiert mich nicht. Mich interessiert nur eure Begleitung, schließlich ist es hier sehr anders und sehr gefährlich, ich fliege mit euch.«

»Da würden wir doch genauso wie der Kelch verschwinden«, antwortete Janka.

»Wenn du uns helfen willst, dann nimm die Treppe und saug oben in der Kammer schon mal alles Unheimliche weg«, schlug Marlon vor, und Kurmo begann, mit den Flügeln zu schlagen.

Er hob gerade ab, da sah Janka etwas im Staub funkeln. Etwas Rotes.

»Warte«, rief sie und sprang zurück ins Geröll. Dort, wo die grauen Umhangherren herumgetrampelt hatten, steckte etwas fest. Sie trat heran und zog eine kleine rubinrote Schatulle zwischen den Steinklumpen hervor.

»Was hast du da?«, witterte das Loch.

»Ich weiß nicht«, sagte Janka.

»Ist es positiv?«, fragte es.

»Auf jeden Fall ist es schön.« Janka zeigte allen den Fund.

»Wirf es fort«, raunte Kurmo sogleich. »Das ist etwas aus Tower Fights, und es bringt nichts Gutes.«

»Ja, wirf es weit weg«, riet auch Ileyor.

»Weg mit dem Ding!«, rief nun sogar Frau Tossilo.

Aber Janka zögerte.

Marlon rutschte von Kurmos Rücken. Er fasste sie behutsam am Arm.

»Janka, steck diese Box ein oder schleudere sie davon, ganz egal, aber komm endlich! Wir haben schon viel zu viel Zeit verloren!«

Janka starrte ihn an. In ihrem Kopf begann sich, die Zukunft mit der Gegenwart zu vertauschen. Sie war plötzlich fest davon überzeugt, ohne die rubinrote Schatulle nicht überleben zu können. Auf jeden Fall musste sie sie erst mal aufmachen. Leer. Leer und tief. Eigentlich konnte man gar keinen Boden darin ausmachen.

»Janka!« Marlon schüttelte sie, die Box fiel zu Boden, und ehe Janka etwas tun konnte, schoss das Loch darauf zu, machte einen Satz in die Luft und – war verschwunden.

Der Micro-Infinity-Safe stand unversehrt im Geröll, vom Loch aber war nichts mehr zu sehen.

»Wo bist du hin?«, stammelte Janka bang. Das Loch war ihr ans Herz gewachsen. »Bist du noch da?«

»Positiv«, kam es vergnügt aus der Schatulle. »Deckel bitte schließen! Jetzt kann ich mit.«

»Was?«

»Deckel bitte schließen, Kiste ins Kleid, Abflug.«

Janka atmete auf. Dann hob sie die Schatulle hoch und klappte den Deckel zu.

»Bist du immer noch da?«, fragte sie abermals, da rief Frau Tossilo: »In dieses Ding dringt nichts hinein, nichts heraus. Sogar Geheimnisse sind dort drinnen sicher. Das hat jedenfalls diese unhöfliche Person von einer Elfe behauptet. Weshalb habe ich nur keine angenommen? Ich könnte jetzt gut eine gebrauchen.« Sie seufzte und kicherte leise in Ileyors Ohr.

»Wir müssen jetzt wirklich los!«, erinnerte Marlon und stieg auf Kurmos Rücken.

»Du hast recht.« Janka steckte den Infinity-Safe in die Tasche ihres Kleides und kletterte zu den anderen hinauf. »Los, Kurmo.«

Dem Drachen war unwohl. Dass sie jetzt ein Objekt aus Tower Fights samt einem kriechenden Loch mit im Gepäck hatten, passte ihm nicht. Aber sie hatten keine Zeit mehr. Er schlug mit den Flügeln und flog nach oben.

21
Drinnen und draußen

Kurmo umkreiste den Turm ein paarmal, so dass alle durch die schmalen Fenster ins Innere blicken konnten.

»Stopp«, rief Janka plötzlich. »Ich sehe das Zimmer! Ich sehe die blauen Blitze.«

Kurmo ließ die Flügel vibrieren und stand in der Luft, holte aus, und der Schwanz donnerte gegen die Fensterscheiben. Die vier Passagiere wären von der Erschütterung beinahe heruntergefallen. Erschrocken brachten sie sich wieder in Position und klammerten sich aneinander fest. Die Scheibe hatte nicht einmal gewackelt. Kurmo schmetterte ein weiteres Mal und ein drittes. Dann stieß er seinen heißen Feueratem auf das Glas. Die Fahne auf der Spitze des Turms ging in Flammen auf, die Fenster aber hielten stand.

Das ist so ähnlich wie damals, als wir Frau Tossilo aus dem Glasbunker holen wollten, erinnerte sich Janka. Es muss eine andere Möglichkeit geben. Es muss anders gehen.

»Dieses Türmchen gefällt mir nicht. Ich möchte jetzt endlich zum Pyramidengebirge. Wir wollten dort doch sowieso irgendjemanden abholen, oder nicht?«, rief Frau Tossilo.

»Mir ist sehr schwindlig. Wenn ihr mich doch wieder auf festeren Boden stellen könntet, wäre ich euch sehr verbunden«, kam es von Ileyor, der sich mit einer Hand die pinke Beule rieb.

»Ja, wir müssen wieder landen und doch innen entlanggehen«, sagte Marlon.

»Moment!«, rief Janka. Sie überlegte. »Flieg noch mal so ran, dass du den Fenstervorsprung berührst.«

Kurmo tat, wie ihm geheißen. Janka sah nicht nach unten und begann vorsichtig, über seinen vibrierenden Flügel zum Fenster zu balancieren.

»Janka!«, rief Marlon fassungslos. Aber sie sah nur stur nach vorne. Und dann war sie auch schon angekommen und kletterte auf den schmalen Fenstervorsprung. Mit flacher Hand drückte sie gegen die Scheibe. Leicht und leise, wie ein vom Wind gebauschter Vorhang, schwang das Fenster nach innen, und sie zwängte sich hinterher.

Die blauen Blitze sirrten. Die Fratzen auf dem Steinsockel sahen furchterregend aus. Lauernd und hungrig. Fast so, als seien sie lebendig. Janka starrte beklommen auf den goldenen Kelch. Ich muss einfach durch das blaue Licht hindurchgehen, dachte sie. Ganz einfach. So wie die dunkle Elfe es getan hat.

Hinter ihr knirschte es. Marlon war tatsächlich ebenfalls auf den Mauervorsprung geklettert und stieg auch schon zu ihr herein.

»Da bin ich!« Er sprang zu Boden.

»Da ist der Kelch. Da ist der Trank drin«, erklärte Janka, obwohl Marlon sich das bestimmt denken konnte. Aber sie musste irgendetwas sagen, damit die Angst in ihrer Brust wieder verschwand.

Marlon betrachtete die zischenden Blitze. Dann streifte er seinen Umhang ab, knäulte ihn zusammen und warf ihn durch den Bannkreis. Weißer Dampf war alles, was vom Umhang übrigblieb.

»Oh«, stieß Marlon hervor.

»Ich muss jetzt da durch!«, sagte Janka, fester, als sie sich im Innern fühlte.

»Bist du verrückt?! Du hast doch gesehen, was mit dem Umhang geschehen ist. Du kannst da nicht durchgehen!«

»Die Elfe ist auch hindurchgegangen, und ihr ist nichts passiert. Gar nichts«, meinte Janka.

Marlon holte Luft. »Du meinst, es ist nur für Umhänge gefährlich, nicht für Lebewesen? Bist du sicher?«

Janka nickte.

»Gut, dann, dann holen wir uns jetzt den Kelch.« Er nahm ihre Hand.

Wie gerne hätte Janka ihre Hand dort gelassen.

»Kurmo konnte das Fenster nicht öffnen. Ich konnte es. Die Elfe konnte die Tür das Turms öffnen. Johanns Kämpfer nicht. Auch ich konnte die Tür öffnen, und du konntest es nicht. Merkst du was? Ich muss das allein machen, ich muss allein durch die Blitze gehen.«

»Hallooo!«, hörten sie Frau Tossilo von draußen flöten. »Wo bleibt ihr denn? Ich komme jetzt auch, bin gleich bei euch.«

»Halt sie bloß ab!«, rief Janka, und als Marlon aus dem Fenster schaute und Frau Tossilo etwas zurief, gab Janka sich einen Ruck und trat in den Bannkreis.

Ihre Haare stellten sich zischend zu allen Seiten. Das war bei der Elfe nicht passiert. Die Blitze leckten an ihren Schultern wie kalte Zungen, es schmerzte, aber das war auch alles. Janka verdampfte nicht. Sie war immer noch da. Und dort war der Kelch. Schon hatte sie ihn mit beiden Händen umgriffen. Runter vom Sockel. Er war nicht schwer, und eine zähe braunrote Flüssigkeit ohne jeglichen Geruch schwappte darin herum.

»Kurmo fliegt mit Frau Tossilo und dem Langkopf wieder nach unten«, verkündete Marlon, noch mit dem Rücken zu ihr, da trat sie schon neben ihn.

»Sie können gleich wieder hochkommen«, rief sie stolz.

Marlon verzog erstaunt das Gesicht.

»Du bist doch ... Wie schnell du warst!«

Sie grinste und meinte: »Und genauso schnell sollten wir am besten auch wieder hier raus und – was war das?«

Der Boden erbebte. Ein lautes Klirren und Gerassel war zu hören. Nicht von draußen, sondern tief aus dem Turminneren. Es drang durch den schweren blauen Vorhang, der den Eingang zur Turmkammer verdeckte, hindurch. Rufe und Trampeln.

»Da kommen welche!«, flüsterte Marlon, die schwarzen Kulleraugen angstvoll aufgerissen.

»Kurmooo!«, brüllte Janka aus dem Fenster. »Schnell! Hol uns ab! Schnell!«

Doch die Zeit reichte nicht mehr. Der Vorhang wurde zur Seite gerissen. Die schöne Dämmerelfe erschien. Boshaft lächelnd. Und hinter ihr Männer. Finster und schwer. Mit gezogenen Krummschwertern, mit Armbrüsten, mit eisenbesetzten Schwingkeulen und leblos entschlossenen Gesichtern.

Janka und Marlon konnten sich nicht rühren. Vor Schreck gelähmt, klebten sie an der Wand. Einer der Männer sah aus wie Johanns Kämpfer, damals, als er mit Baran Tower Fights gespielt hatte. Er war schlank und langhaarig. Aber er winkte nicht, er drehte sich nicht, er sah Janka und Marlon nicht einmal an. Eigentlich sah keiner der Männer sie an. Auch die Elfe tat das nicht. Niemand interessierte sich für sie. Alle starrten nur aus dem Fenster, das den Blick in die Welt von *Secret Silence* frei gab. Und dort flog, leuchtend weiß, der Drache heran.

***

Der Berliner Abendhimmel hatte sich orange verfärbt, auch die Flugzeugstreifen waren zu feurigen Bändern geworden. Ein leichter Wind war aufgekommen. Johann kauerte vor dem Schornstein des Hochhausdaches und musste ständig Pappelflusen von der Tastatur pusten. Er schrieb an Baran.

Lass uns Tower Fights spielen. Dringend!!! Erklärung später. Wenn das schwarzglänzende Ungetüm kommt, mach es fertig, und schleuder mich wieder über die Schlucht.

Dann kniff er die Augen zusammen. Die Geschehnisse auf seinem Rechner waren manchmal nicht mehr ganz so gut zu erkennen. Er hatte seinen Bildschirm nämlich jetzt nicht nur in zwei, sondern in drei Teile unterteilt.

Auf einem spielte er *Secret Silence*. Hier sah er, dass Kurmo Frau Tossilo und den Langkopf gerade absetzte und sich wieder in die Luft schwang. Auf dem zweiten Bildschirmbereich schrieb Johann in dem Programm herum, das Janka, Marlon, Kurmo und Frau Tossilo wieder zurückraumen sollte. Und im dritten spielte er *Tower Fights*.

Er hätte Janka und Marlon nicht einfach so den Reset-

Jack holen lassen sollen. Denn der Kelch befand sich zwar im ungefährlichen *Secret Silence*, aber er kam ja aus dem anderen Spiel. Und dort wimmelte es schließlich vor Gefahren. Auch wenn Johann damals in dem Turm niemandem begegnet war, man konnte nie wissen. Er musste seiner Schwester einen Kämpfer zur Seite stellen. Und zwar schnell.

Deswegen ließ er sich von Baran jetzt auch wieder über den Rand der Schlucht werfen, deswegen schnappte Johanns Kämpfer sich auch erneut die Elfe, die auf dem Baum kauerte, und raste mit ihr zu der Stelle, wo sich der Fehler befand. Raus aus dem Spiel. Sie fielen über den weißen Bildschirm, die Abkürzung zum letzten Level.

Wieder kamen sie an das Kellergewölbe, die Elfe öffnete ihm die Tür. Johann eilte die Treppen in die Halle hinauf.

Die Tür zur Hochhausplattform wurde ebenfalls geöffnet. Johann bekam es nicht mit. Er war viel zu vertieft in seine vielen Aufgaben.

»Hallo Johann! Du bist tatsächlich hier oben.« Er sah auf. »Der Hauswart hat mir erzählt, dass ihr hier seid.« Die Mutter kam beschwingt auf ihn zugeeilt. Sie lächelte, dass sie feine Falten bekam.

»Hi Mama, was machst du denn hier oben?«

»Das Gleiche wollte ich dich eigentlich auch fragen?«

»Äh, ich programmiere was«, erklärte Johann.

»Auf dem Dach?«, fragte die Mutter verwundert. »Wieso musst du dazu aufs Dach? Und wo ist der andere Junge, war das eigentlich Marlon? Der Hauswart meinte, einer mit Brille.«

»Marlon musste weg. Jemandem eine dringende Nachricht überbringen, er kommt aber bald wieder. Wir sind aufs Dach, weil es hier draußen besser ist. Mehr Platz und so.« Die Mutter legte den Kopf schief. Dass ihr Sohn raus wollte, freute sie, aber es kam ihr auch ein wenig seltsam vor.

»Ich komme bald wieder runter«, beeilte sich Johann zu sagen. »Ich brauche nicht mehr lange. Ich muss nur noch kurz was zu Ende bringen.«

»Wie lange dauert dieses Nur-noch-kurz denn noch?«, wollte die Mutter wissen und sah ihn liebevoll an.

»Was? Ach, gar nicht lange, ich hab's gleich.«

»So?« Jetzt ließ sie ihren Blick über den glühenden Himmel schweifen und seufzte. »Ich wünsche mir, dass du dir feste Zeiten für deinen Computerkonsum setzt.«

»Okay, mach ich«, antwortete Johann. Auf keinen Fall durfte er der Mutter jetzt widersprechen.

»Und Papa und ich hätten gerne, dass du dir vielleicht noch ein anderes Hobby zulegst. Eines ohne Laptop und ohne Handy. Am besten eines mit Bewegung und mit anderen Jugendlichen!«

»Ist gut.« Johann nickte hastig.

»Wie wäre es zum Beispiel mit, äh, mit Rudern?«

»Rudern?«

»Oder Aikido? Oder Skaten? Oder vielleicht willst du ja auch wieder zum Zirkus?«

»Können wir das nicht wann anders besprechen?«, wagte Johann jetzt doch einzuwenden, denn jede Minute, die die Mutter hier mit ihm redete, brachte Janka, Marlon, Kurmo und Frau Tossilo weiter in Gefahr.

»Du hast recht«, pflichtete die Mutter ihm nun bei. »Ich bin ja eigentlich auch auf dem Sprung. Papa und ich sind doch bei Christian und Anne eingeladen, und ich koche euch jetzt noch schnell Spaghetti. Bei uns wird es sicherlich ein bisschen später. Ihr geht bitte nicht so super spät ins Bett, okay?«

»Machen wir«, sagte Johann und sah nicht mehr, wie die Mutter über die Dachterrasse davonging, denn er blickte schon wieder auf das *Secret Silence*-Bildschirmdrittel. O Gott!

Kurmo flog durch die gelbliche Luft zu der Turmkammer hinauf, da schossen Pfeile und eiserne Kugeln aus den Fenstern. Er wich nicht aus, sondern spie Feuer, so dass die Geschosse schon verglüht und zerbröselt waren, ehe sie ihn erreichten. Aber dafür quollen nun aus den Türen am Fuße der Türme Kämpfer hervor, die alles andere als zerbröselt wirkten. Kurmo jagte ihnen eine Flammenwand hinunter und noch eine, doch von einer anderen Seite waren ebensolche Gestalten aufgetaucht und hasteten auf Frau Tossilo und den Langkopf zu. Jetzt schoss der Drache senkrecht nach unten, schnitt ihnen den Weg ab und fetzte einen nach dem anderen übers Geröll. Und dennoch: Einer warf Frau Tossilo zu Boden und zielte mit einer Armbrust auf ihren Rücken. Augenblicklich erstarrte Kurmo in seinem Kampf. Johann zuckte zusammen. Was, was sollte er jetzt –? Sein Herz begann zu rasen. Wo waren Janka und Marlon?

Er musste mit ansehen, wie Kurmo etwas zu den Kämpfern zu sagen schien, sie aber die krummen Schwerter hoben und hart auf ihn einschlugen. Er bäumte sich nicht einmal mehr auf. Hatte Kurmo von dem Reset-Jack bereits getrunken? Johann musste ihn und Frau Tossilo schleunigst da rausholen. Sie würden ja sonst umgebracht werden.

Er schüttelte seine Finger und begann, in die Tasten zu hämmern. Da fiel sein Blick auf das *Tower Fights*-Drittel. Sein Avatar stand immer noch in der runden Halle an der Wendeltreppe, auf der gerade eine Horde Schwerbewaffneter herunterstürmte. Schnell zog Johann seinen Kämpfer an die schattige Wand zurück, doch die Dunklen eilten so schnell durch die Halle, dass er wahrscheinlich auch hätte stehen bleiben können. Sie wollten nur nach draußen, raus aus dem Turm. Und noch zwei weitere Gestalten kamen die Treppe heruntergehastet. Ein Junge und ein Mädchen. Sie sahen sich die ganze Zeit nach allen Seiten um, und sie trugen keine Waffen, sie trugen einen goldenen Kelch!

Hey Jo? Was ist eigentlich bei dir los?, schrieb jetzt Baran.
Erzähle ich dir später, schrieb Johann hastig zurück.

Jetzt hatten die Kelchträger Johanns Avatar entdeckt und stockten.

Johann ließ ihn schnell winken. Dann drehte er ihn. Dann winkte er wieder.

»Janka! Ich bin's!«, rief er, obwohl er wusste, dass sie ihn nicht hören konnten.

Die beiden kamen heran. Janka schien etwas zu seinem Kämpfer zu sagen, dann winkte sie in alle Richtungen, und dann drängte sie sich an ihm vorbei. Marlon folgte ihr. Auf die offene Ausgangstür zu. Stopp! Wollten die etwa da raus? In den Kampf? Schnell ließ Johann seinen Avatar Janka überholen und stellte sich ihr in den Weg, um ihr den Kelch abzunehmen. Es war doch viel geschickter, ja, viel ungefährlicher, wenn dieser Spielcharakter den Trank nach draußen zu Kurmo trug.

Doch ehe er den Kelch an sich gebracht hatte, ertönte Getrampel, und eine Horde dunkler Kerle stürmte durch die offene Turmtür in die runde Halle herein. Mit Keulen und Krummschwertern steuerten sie heran. Johann baute seinen Avatar schützend vor Janka und Marlon auf. Für einen Moment standen die Dunklen still.

Ein Schweißtropfen rann Johann ins Auge, brannte und benebelte ihm die Sicht. Hektisch wischte er sich mit dem Ärmel seines Kapuzenpullis über die Stirn. Was musste er jetzt tun? Was von all dem vielen? Quer drauflosraumen? Egal, wer oder was dann vielleicht aus Versehen mit heraus in die Wirklichkeit kommen könnte? Oder sollte er besser weiter *Tower Fights* spielen und diese Typen in Schach halten und den rettenden Trank irgendwie hinausschaffen? Oder doch *Secret Silence*, und von dort aus …

Er war kein Computer, der all dies gleichzeitig erledigen konnte. Er war doch nur ein Junge! Er war ein Junge, der jetzt abgrundtiefe Angst bekam und mit seiner Verzweiflung kämpfte, dem übel wurde, der sein Äußerstes geben wollte, der spürte, wie heftig er seine Schwester liebte, und der nicht mehr einfach nur zusehen konnte. Er konnte doch nicht hier auf dem Hochhausdach hinter einem Bildschirm sitzen und ein bisschen *klick, klick* machen! Warum nur war alles so außer Kontrolle geraten? Warum?

Er musste zu ihnen! Mit seinem Körper, mit seiner Kraft. Er tippte schnell und schneller und hielt den Laptop fest, und die Luft schnalzte, und Johann war verschwunden.

22
Der Reset-Jack

Lärm empfing ihn. Aufgewirbelter Geröllstaub und gelbgetrübte Luft. Johann erspähte Kurmo in der Mitte von dunklen Kämpfern, die auf ihn einschlugen. Weißgraue Hautfetzen hingen von der Drachenflanke herab. Johann war genau vor dem Turmeingang gelandet. Hastig verbarg er den Laptop in der Innentasche seines hellroten Umhangs und wollte Kurmo …

Jemand stieß ihn gegen den Rücken. Er stürzte. Schwarze Schnürschuhe stolperten über ihn.

»Johann?!« Janka starrte ungläubig von oben auf ihn herab, kalkweiß im Gesicht. Im selben Moment kam Marlon aus der Turmtür gehetzt und schlug sie panisch hinter sich zu. Marlon trug den Kelch! Den wertvollen Kelch. *Krrrach.* Von innen wurde gewaltsam gegen die Tür geschlagen. Es war keine Zeit zu fragen, wie Janka und Marlon es herausgeschafft hatten.

»Hier lang!«, brüllte Johann, und sie rannten um den wuchtigen Turm herum. Außer Sicht. Als sie das Klirren der Schwerter nur noch leise hörten, hielt Johann inne.

»Wir müssen Kurmo rausholen, und dann nichts wie weg!«

»Und Frau Tossilo? Wo war sie? Auch in dem Gewühl?«, fragte Marlon atemlos.

»Schnell, Jo«, rief Janka. »Was genau sollen wir jetzt tun?«

»Wir brauchen Waffen!«, rief Johann.

»Bist du verrückt? Wieso denn Waffen? Willst du etwa gegen diese Typen kämpfen?« Janka sah ihn entsetzt an.

»Wir müssen, anders geht es nicht!«

»Aber Jo, das ist doch kompletter Wahnsinn!«

Johann schüttelte den Kopf. Die Bewegungen der dunklen Kämpfer waren doch leicht zu durchschauen, ja regelrecht zu berechnen.

Er sah sich um. Dort vorne kam der nächste Turm. Sie mussten in ihn hinein. Dort könnten sie sich Schwerter besorgen. Und wenn sie die erst einmal hatten, dann konnten sie sich getrost ins Gewühl stürzen. Er wollte gerade wieder losrennen, da hob Marlon die Hand an sein linkes Ohr. Seine ganze Aufmerksamkeit war in die Ferne gerichtet.

»Wartet! Hört ihr das?«

Ja, jetzt hörten Janka und Johann es auch. Und sie sahen es.

Der grüngelbe Streifen am Horizont begann zu wabern, und dann ergossen sich Gestalten daraus. Gestalten, die über die Ebene näher eilten.

Es war Ileyor! Es waren alle Versionen von ihm!

Einer neben dem anderen. Tausende oder viel, viel mehr. Ihre langen Gesichter blickten grimmig, und keiner von ihnen hatte eine pinke Beule auf dem Kopf. Mit seiner Raumschiffstimme riefen sie: »Ich lasse mich nicht von diesen Schwertträgern zu Boden drücken und umbringen! Und schon gar nicht lasse ich zu, dass meine großartige pinke Retterin von einer Armbrust bedroht wird! Nun werden sie Bekanntschaft mit meiner Person machen!«

Schon waren die Versionen heran, nickten kurz mit ihren langgezogenen Köpfen den Kindern zu und rauschten weiter um den Turm herum. Entschlossen, dem Feind die lange Stirn zu bieten.

»Geht das denn gut?«, zweifelte Marlon. »Wie wollen sie denn bitte gegen die schwarzen …«

Jankas Herz pochte wild. Sie konnte jetzt nicht darüber spekulieren, wie die Ileyors sich … oder nicht, oder … Sie musste ausnutzen, dass Johann einen Moment von seiner Waffenbeschaffungsidee abgelenkt war.

»Kurmooooooooo!«, brüllte sie so laut, dass es weit über die Ebene hallte und auf der anderen Seite des Turmes an Kurmos Ohren drang.

Der Drache lauschte. Er ortete. Er spürte den Klang seines Namens in sich, der die Kraft hatte, die Angst um Frau Tossilo beiseitezudrängen. Im Bruchteil einer Sekunde warf er sich herum und nahm Anlauf durch das Meer aus Kämpfern. Steinklumpen flogen zur Seite, dann hob er ab. Schnell schraubte er sich nach oben in die trübe gelbe Luft. Seine Flügel fegten den Staub zur Seite. Er flog höher. Über den ersten Turm hinweg. Er folgte dem Ruf seines Namens. Da! Da unten sah er, winzig klein, Janka und Marlon und … war das Johann?

Er landete direkt vor ihnen, setzte mit einem so heftigen Rumms auf, dass alle drei einen Satz in die Luft machten.

Janka musste sich nicht lang besinnen, sondern riss Marlon, ehe sie wieder auf dem Boden aufgekommen waren, den Kelch aus den Händen und reckte ihn dem Drachen entgegen.

»Wünsch es dir, Kurmo! Schnell!«

Kurmo begann, die zähe Flüssigkeit sofort einzusaugen. Ein Brennen explodierte auf seiner rauen Zunge. Er würgte, aber er zwang sich weiterzutrinken und versuchte, dabei nur an das Peilpulver zu denken, das sich in ihn gefressen hatte, damals in einer anderen Welt, in einem anderen Leben. Er musste sich von ganzem Herzen wünschen, dass dieses Ereignis nicht geschehen war, dass es anders gewesen wäre.

Er schloss die Augen und schluckte und schluckte.

Er stellte sich vor, wie er aus dem Black-West-Berg geflohen war, mit Janka und Johann in der Rückenkuhle und der geretteten Frau Tossilo zwischen seinen Zacken, wie er …

Zzzzzck.

Ein Schwert schlug zu. Ein greller Schmerz durchzuckte den Drachen. Er fuhr herum. Ein schwarzer Kämpfer war um den Turm gekommen, ohne dass sie ihn bemerkt hatten.

Es war der Avatar des Schmallippigen, aber das wussten Janka, Johann, Marlon und Kurmo natürlich nicht. Und auch wenn sie es gewusst hätten, was hätte es genützt? Jetzt holte er mit blutverschmierter Waffe ein weiteres Mal aus.

Kurmo riss seinen Schwanz zum Angriff, aber da war keiner mehr. Nur noch Blut, das aus ihm herauspulsierte. Reglos lag der abgeschlagene Drachenschwanz im Geröll, und ehe Kurmo das realisiert hatte und sein Feuer speien konnte, raste das Schwert auf seine schutzlosen Nüstern nieder.

»Neeeiiiin!!!«

Ohne nachzudenken, hechtete Janka dazwischen. Sie hielt den Kelch vor der Brust fest wie ein Schild.

Kloing prallte die Klinge daran ab und riss dem Schwarzgekleideten den Arm mit großer Wucht nach hinten. Johann war auch schon da, zerrte Janka den Kelch von der Brust und schleuderte ihn auf den Angreifer. Er taumelte, bevor Kurmos Feuerstoß ihn traf und er weggeschleudert wurde. In einiger Entfernung blieb er liegen, schwarzverkohlt, und rührte sich nicht mehr.

Janka begann zu zittern. Was hier geschieht, ist nicht echt, versuchte sie sich zu beruhigen. Es ist nicht echt, nicht echt, oder doch?

»Wir haben keine Zeit mehr! Los, schnell, jetzt zu Frau Tossiloooo!!!«, brüllte Marlon und riss sie einfach mit sich. Johann sprintete hinter her, und Kurmo folgte ihnen mit vor Schmerz geweiteten Augen.

Der getroffene Kämpfer aber rappelte sich wieder auf. In Tower Fights konnte man ja nicht sterben, man war bereits tot. Er ruckelte sich also wieder in die Senkrechte und setzte den vieren nach, aber das bekamen sie nicht mehr mit.

23
Kampf

Auf der anderen Turmseite war kein Durchkommen. Alle Versionen von Ileyor bewegten sich unfassbar schnell durch die Schwarzgekleideten, so dass sie die Orientierung verloren. Und hier hatten sich mittlerweile auch etliche andere Secret-Silence-Bewohner eingefunden. Wo aber war Frau Tossilo?

Janka, Johann und Marlon kletterten auf einen kleinen Steinhaufen hinauf. Ihre Blicke suchten das Gewühl ab. Umgeben von vielen Umhangherren war ein schwerer Karren aus braunlila Holz zu sehen. Obendrauf stand jemand.

»Die Königin«, rief Johann.

Ihr helles Kleid bewegte sich wütend um den zierlichen Leib, und aus den dreieckigen Haarbüscheln sprühten Funken.

Auch sie spähte über das Schlachtfeld. Jetzt raste ihr Karren los, zwischen den Ileyors und den schwarzen Kämpfern hindurch.

»Was geht hier vor, XR3?!!!«, zischte sie.

»Nichts geht hier vor«, erwiderte die dunkle Elfe dreist. »Es handelt sich um eine Auseinandersetzung, die rein gar nichts mit Euch zu tun hat.«

»Nichts mit uns zu tun?« Das war die grüne Frau mit dem Zackengesicht. »Du bist auf unserem Gebiet!«

»Wir werden in Kürze verschwunden sein«, behauptete die Elfe.

»Du«, fauchte die Königin, »und Der-Tod-ist-mit-ihm hattet versprochen, euren Turm mit einem Blickschutz zu belegen! Das war gelogen! Und zurückgezogen habt ihr ihn ebenfalls nicht. Viele weitere hereingebaut habt ihr! Weshalb sollten wir dir noch irgendetwas glauben?«

Plötzlich erlahmte die Bewegung ringsum. Keiner der schwarzen Kämpfer machte noch einen Mucks. Einige sanken in sich zusammen. Als hätten die Ileyors sie restlos verwirrt, als wären ihre Kräfte einfach versiegt.

In Wirklichkeit jedoch lag die Bewegungslosigkeit der schwarzen Avatare daran, dass das Black-West-Team nicht mehr spielte. Ein schlimmer Gestank war in dem weißen

Saal ausgebrochen. Dunkel beißende Fäulnis. Einige Männer lagen ohnmächtig am Boden. Die anderen rissen sich mit gepeinigten Gesichtern die Geruchskapseln vom Hals. Aus den Kapseln strömte etwas, was für Menschen absolut giftig war: der Geruch von Der-Tod-ist-mit-ihm.

Der Geruch war noch nicht stark, denn er wehte seinem Verursacher lange voraus, und außerdem drang er nur spärlich durch die Ritzen des Turms. Aber er war bereits intensiv genug, um für Menschen schädlich zu werden.

Und er nahm zu! Denn Der-Tod-ist-mit-ihm kam näher. Er bewegte, so schnell er es vermochte, seine massigen Beine, die vier Arme, die rasiermesserscharfen Klauen durch die Lande von *Tower Fights.*

Etwas geschah in seinem Land. Etwas war völlig außer Kontrolle geraten, und er musste sehen, dass sich nicht alles, was sie sich hier an Struktur und Frieden und Freiheit erarbeitet hatten, in Chaos verwandelte. Er musste zu dem Turm, zu dem Turm, den irgendeine fremde Macht ausgelagert hatte. Er musste zur Königin, der er sein Wort gegeben hatte, das war er ihr schuldig. Er hatte eine Verantwortung.

Um die Abfolge nicht zu stören, hatte Der-Tod-ist-mit-ihm sich in Dunst gehüllt, der ihn für Menschen, die *Tower Fights* gerade spielten, unsichtbar machte. Für die Spielbewohner aber blieb er deutlich zu sehen.

»Die Lebenskraft eurer versklavten Helden scheint versickert zu sein«, merkte die Königin jetzt an. »Seht es als Zeichen, und verschwindet auch endlich, XR3! Wir in Secret Silence wollen kein …«

Was in Secret Silence nicht gewollt wurde, vernahm die Elfe nicht mehr. Und auch Janka, Johann, Marlon und Kurmo konnten nichts mehr hören, denn eine gewaltige Erschütterung schleuderte sie etliche Drachenlängen hinfort. Auch alle anderen, die nahe am Turm gestanden hatten, wurden übers Geröll gefegt.

Einem Vulkan gleich barst das hohe Gemäuer, und seine düsteren Steine krachten auf die Erde. Ascheregen fiel. Als die Sicht wieder etwas klarer wurde, stand dort, wo der Turm gewesen war, Der-Tod-ist-mit-ihm. Seine Klauen fuhren wütend durch die Luft, als wolle er alle Asche aus ihr schneiden. Dann legte er seinen Adlerschnabelkopf in den Nacken und öffnete den Schlund.

»Königin von Secret Silence, dass Unheil über Euer Reich gekommen ist, tut mir leid. Fremde Mächte haben sich in Tower Fights eingenistet. Ich bin gekommen, um unsere Helden zu uns zurückzubringen.«

Die Königin kam nicht dazu zu antworten, denn kaum hatte Der-Tod-ist-mit-ihm geendet, fuhren die Klauen seiner längeren Arme auch schon in die Menge und begannen, die Tower-Fights-Avatare herauszupflücken. Mit den kürzeren Armen hielt er seine Gefangenen fest wie einen dunklen Blumenstrauß. Doch es waren viele. Und in diejenigen, die noch nicht ergriffen worden waren, kam soeben wieder Leben.

Sie begannen, blinden Gebrauch von ihren Krummschwertern und Armbrüsten zu machen. Sie schlugen unkoordiniert drauflos und schossen wild um sich. Sie wussten ja nicht, konnten nicht sehen, woher und von wem diese merkwürdigen Angriffe kamen.

Kurmo hatte den Kopf gesenkt und versuchte, das rinnende Blut an seiner Schwanzwurzel zu stoppen. Janka, Johann und Marlon hatten sich wieder aufgerappelt. Verzweifelt sahen sie um sich.

»Da, seht doch!«, rief Marlon plötzlich und zeigte auf einen Kämpfer, der von der schwarzglänzenden Klaue in die Luft gerissen wurde. Der Kämpfer war nicht allein. Er hatte seinen Griff um den Hals von Frau Tossilo geschlungen. Der Schwarzglänzende schüttelte seine Beute, als wäre sie lästiges Ungeziefer. Da entglitt ihm Frau Tossilo und stürzte kreischend in die Tiefe. Sie schlug mit den Armen wie mit Flügeln und raste weiter dem Boden entgegen. Sie überschlug sich und schrie noch lauter und landete in Ileyors ausgebreiteten Armen.

»Da bist du ja«, hörten sie seine Raumschiffstimme flüstern, bevor er sich zärtlich über sie neigte.

Kurmos Wunde hatte tatsächlich aufgehört zu bluten. Der Schmerz jedoch ließ nicht nach und raubte ihm fast die

Sinne. Er richtete sich auf und schüttelte den benebelten Kopf. Johann fasste in der Innentasche seines Umhangs nach dem Laptop.

»Wir müssen Frau Tossilo holen und dann weg hier. Kannst du fliegen?«

Der Drache nahm alle Kräfte zusammen und nickte.

So behutsam wie möglich kletterte Johann auf seinen Rücken. Janka und Marlon taten es ihm nach.

»Wir schnappen Frau Tossilo und fliegen weg von dem Getümmel. Auf keinen Fall möchte ich aus Versehen etwas aus dem Spiel mit hinaus aufs Hochhausdach raumen«, gab Johann Anweisung.

Kurmo drückte die Beine in den Boden und begann, die Flügel zu heben. Der Schmerz jagte durch ihn hindurch.

Es dauerte lange, bis der Start endlich gelang. Sie streiften einen Schattenbaum, schlingerten über die grauen Umhangherren hinweg und gewannen dann aber langsam an Höhe. Über Steinköpfe, über die grüne Frau mit Zackengesicht, über den braunlila Karren der Königin, die zu ihnen heraufblickte und winkte. Sie eierten weiter über wuselnde Ileyors und über die letzten um sich schlagenden schwarzen Kämpfer. Plötzlich fuhr die große Klaue von Der-Tod-ist-mit-ihm direkt vor ihnen in die Menge, um die dunkle Elfe zu ergreifen.

Kurmo kam in eine Schieflage.

»Haltet mich!« Johann rutschte.

Janka presste ihre Beine noch fester gegen den Drachenrücken, und sie und Marlon legten sich in die Gegenrichtung. Kurmo bog den Kopf zur Seite. Gemeinsam brachten sie sich wieder in Balance. Johann ruckelte sich in Position.

Dann sahen sie wieder nach vorne.

Ileyor hatte Frau Tossilo auf ihre eigenen Füße zurückgestellt und strich ihr eben über die Wange.

Kurmo wusste, dass ihr die Trennung von diesem freundlichen Computerspielbewohner im Herzen weh tun würde. Aber sie würde es überleben müssen.

Jetzt war Kurmo bei ihr. Ein letztes Schlingern, und er griff zu. Er hatte sie. So gut es ging, hielt er sie zwischen den Füßen fest und konzentrierte sich wieder auf seine Flügel. Er musste weiter hinauf. Mit dem zusätzlichen Gewicht der zappelnden Frau Tossilo aber war das noch fordernder. Seine Schwanzwurzel pochte, als würde das Blut gleich wieder zu sprudeln beginnen. Er durfte nicht darauf achten. Er musste sich auf den Flug konzentrieren. Auf und nieder. Nicht mehr nach unten sehen, nur fliegen. Weg, hatte Johann gesagt, weg von hier.

»Dreh mehr nach rechts«, hörte er Janka rufen. Und Johann: »Da, neben den Mauerresten, kannst du landen, und dann bringe ich uns nach Hause. Es ist gleich geschafft. Halt durch.«

Kurmo ruderte weiter. Er ruckelte über die Trümmer des Turms hinweg, verlor plötzlich etwas an Höhe und streifte das Überbleibsel einer verkohlten Mauer. Da geschah es!

Weit weg oder vielleicht auch ganz nah, jedenfalls in einer anderen Welt, einer anderen Dimension, brüllte der Schmallippige: »Zugriiiiff!«

Sie wurden aus der gelben Luft gerissen. Ein kurzer Strudel erfasste den Drachen samt seinen Passagieren, ihre Körper blähten sich, ein Blitz, ein tiefes Dröhnen, dann schlugen sie auf.

Mitten im sterilen Saal von Black West International.

24
O Ileyor

Frau Tossilo lag mit dem Gesicht auf dem Betonboden. Sie war abgemagert. Schließlich hatte sie seit langem nichts gegessen. Kurmo zitterte über ihr, und Janka, Johann und Marlon schlotterten auf seinem knochigen Rücken und sahen sich irritiert um. Sie waren von Bewegungen umgeben. Von sich duckenden und völlig grundlos in die Luft springenden jungen Männern in Poloshirts. Und von älteren, in Anzügen oder in Schutzuniformen, die zu glauben schienen, dass sie etwas in der Hand hielten, denn sie schlugen um sich, als trügen sie gefährliche Schwerter.

Erst ein wenig verzögert entdeckten Janka, Johann und Marlon all die Ileyors und die zierliche Königin auf dem

Karren. Aber sie sahen plötzlich ganz anders aus. Durchscheinender und farbloser. Ja, die ganze Secret-Silence-Landschaft wirkte mit einem Mal nur noch wie ein matter Abklatsch. Dafür roch es jetzt nach etwas. Nach Elektronik, teurem Männerparfüm und verschwitztem Stoff. Was war geschehen?

Johann tastete nach seinem Bauch, Marlon nach seiner Brille, und Janka starrte auf ihre Hand. Auf ihre lebendige Hand. Waren sie wieder in der Wirklichkeit?

Aber Johann hatte sie doch noch gar nicht zurückgeraumt. Es konnte nicht sein. Außerdem hatte es nicht nach Schimmel geschmeckt, nur etwas nach Blei, und schlecht war ihnen auch nicht.

»Schaltet das Spiel aus. Wir haben ihn doch schon!«, war eine fremd klingende Männerstimme zu hören.

Sie gehörte Mister Panshid, der Kurmo heraustransferiert hatte und der sich als Erster von diesem Wunder erholt hatte. Mister Panshid hatte eine andere Methode als Johann, mit weniger Nebenwirkungen.

Der Schmallippige machte jetzt ein paar Schritte auf den Drachen samt seinen Menschen zu. Marlon konnte nicht wissen, wer das war. Doch Janka und Johann kannten den Mann. Das war der, der bei Frau Tossilo im Glasbunker gewesen war, das war einer der Chefs von Black West International. Aber wie kam der hierher? Oder sollten sie besser fragen, wie kamen sie zu ihm?

Jetzt verzogen sich seine blutleeren Lippen zu einem Bogen. Sein Blick schwamm über den ramponierten Kurmo, der nur noch die Größe eines Pferdes hatte und stoßweise atmete.

»Jetzt schaltet das Spiel schon aus!«, wiederholte Mister Panshid. Diesmal wurde seine Anweisung befolgt. Die Projektionen im Raum verschwanden, und nun bemerkten auch die übrigen Black-West-Mitarbeiter, dass ihre Aufgabe bereits bewältigt war. Sie gesellten sich zu dem Schmallippigen und bildeten einen großen Kreis um ihre Beute.

»Wo kommen die Kinder her? Sie sehen ziemlich echt aus?«, fragte ein Mann, der aussah, als hätte er seit langem nicht mehr geschlafen.

»Bringt sie weg! Wir werden uns später darum kümmern. Die Frau ebenfalls«, antwortete der Schmallippige desinteressiert. »Netz in Position!«

Sogleich lösten sich aus dem Kreis einige Uniformierte und strebten in die Mitte. Kurmo wollte Flammen speien, doch aus seiner Kehle drang nur dünner Rauch. Also spannte er die Flügel auf und begann sich, so gut es ging, im Kreis zu drehen, um die Uniformierten zurückzudrängen. Frau Tossilo ruckelte benommen am Boden herum und brabbelte etwas von T7 und T9, langen Köpfen und von unendlicher Liebe, Liebe, Liebe.

Mehr Männer schritten auf Kurmo zu. Er sammelte seine letzte Kraft und fegte sie mit den Schlägen seiner

Flügel zur Seite. Janka, Johann und Marlon aber rutschten durch die Schläge von seinem Rücken. Dicht aneinander gedrängt versuchten sie, nahe bei ihm zu bleiben und ihm gleichzeitig nicht im Weg zu sein. Sie hatten nun begriffen, wo sie waren. Auch wenn sie sich nicht erklären konnten, wie es dazu gekommen war.

»Das Vieh gibt und gibt nicht auf«, kam es nun zwischen den dünnen Lippen hervor. »Dabei hat es doch keine Chance mehr. Das Peilpulver ist schließlich in ihm. Komm schon, Drache, it's over!«

»Das Pulver hat keine Macht mehr, Kurmo. Vergiss das nicht«, flüsterte Johann.

Frau Tossilo krabbelte in Schlangenlinien über den Boden und rief: »Es lebe die Liebe!«

Kurmo sah besorgt zu ihr, da schrie Marlon auf. Er war nach hinten gerissen worden. Zwei Kombattanten der Drachentöterarmee hatten die Sekunde, in der Kurmo abgelenkt war, ausgenützt und schleiften Marlon mit sich.

Kurmo setzte ihnen nach und biss die Häscher in die Beine. Doch ihre festen Uniformen schützten sie vor seinen Zähnen, sie fielen lediglich hin, und schon war Marlon zwischen ihnen verschwunden. Zur gleichen Zeit waren von der anderen Seite andere Männer herangesprungen und ergriffen Janka und Johann. Sie zerrten sie rückwärts, hin zu den hohen weißen Wänden, weg von dem Drachen. Janka konnte sich nicht rühren. Sie war wie gelähmt vor Angst. Johann aber schlug um sich und strampelte. Er hatte ebenfalls Angst. Sehr sogar. Aber gleichzeitig wurde er so unbändig wütend, dass er die Angst nicht mehr spürte. Er kämpfte mit allem, was in ihm war, und schaffte es tatsächlich, sich zu befreien. Schnell rannte er zurück zu Kurmo und sprang, als der sich duckte, hinauf auf seinen Rücken. Dort klammerte er sich mit den Oberschenkeln und einer Hand fest und saß aufrecht auf dem Drachen, wie ein Krieger aus einer vergangenen oder kommenden Zeit.

Kurmo bekam neuen Mut, wirbelte herum, riss sein Maul auf, und zusammen stürmten sie Janka hinterher.

»Lasst sie looos!«, brüllte Johann, da schoss einer aus der Drachentöterarmee einen Warnschuss in die Luft. »Nicht einschüchtern lassen, Kurmo. Wir schaffen es! Spring, lenke sie ab! Und ich werde einen nach dem anderen wegraumen.«

Er griff unter seinen Kapuzenpulli, zog den Laptop hervor und biss die Zähne zusammen. Jetzt könnt ihr den Rest eures Lebens in einem Computerspiel verbringen!

»O Ileyor!«, rief Frau Tossilo.

Unbemerkt von den meisten, hatte sie sich vom Boden aufgerichtet und stand mit leicht angehobenen Armen ein wenig abseits. Sie sah aus wie eine hohlwangige Dirigentin, die auf Ruhe wartete.

»Ich habe Liebe in mir für alle Versionen!« Sie kreiste die Handgelenke und Finger, wiegte leicht ihre Wirbelsäule.

Die meisten beachteten sie nicht, sondern konzentrierten sich weiterhin auf den Drachen. Einige aber sahen Frau Tossilo mit großen Augen an. Sie waren belustigt. Doch nicht nur das. Irgendwie schienen sie auch angesprochen zu sein.

»O Ileyor! Wir erschaffen heute den neuen Ort, den positiven Ort«, verkündete Frau Tossilo jetzt und begann dann, die Männer, die ihr lauschten, einzeln anzusehen. So, als suche sie jemanden in ihnen, tief drinnen am Grund ihrer Seele. Dann flackerte Frau Tossilos Silhouette. Sie wurde erst durchscheinend und schließlich komplett unsichtbar. Das waren die Nachwirkungen ihres Aufenthalts im Computerspiel. Lediglich ihre Stimme verblieb im Saal.

»Wir erschaffen jetzt den Ort! Den Ort, in dem wir so sein dürfen, wie wir es uns selbst wünschen. Einen Ort des Friedens. Einen Ort der Freiheit.«

Mehr Männer von Black West ließen ihre Drachentöterwaffen sinken und starrten fasziniert auf die leere Stelle, von der eine Stimme Freiheit verkündete.

»Ich liebe euch alle, ihr seid in Wirklichkeit ja alle derselbe.«

Weshalb sollten sie alle derselbe sein? Einer kratzte sich das Kinn. Ein anderer den Haaransatz. Aber Frau Tossilo kümmerte sich nicht darum. Auch nicht darum, dass sie unsichtbar war. Sie sprach unbeirrt weiter von dem positiven Ort und dass alle etwas zu diesem Ort beitragen könnten. Alle! »Wer hat Lust mitzumachen?«

Ihre Stimme wurde eindringlicher und auch normaler. Fast so wie früher, wenn sie ihren Kunden im Schuhladen das vierte Paar Schuhe andrehte.

Die Männer lauschten gebannt. Ein Ort des Sein-Dürfens und des Friedens, das hörte sich eigentlich sehr schön an. Hier auf diesem Campus war ja sonst immer nur von mehr Wachstum, mehr Erfolg und mehr Fortschritt die Rede. Und das erreichte man durch mehr Leistung und mehr Rücksichtlosigkeit.

Frau Tossilo musste husten. Sie wurde wieder körperlich und wieder sichtbar. Ihr Lächeln glitt weich durch den Saal.

Ihre Zuhörer kamen ein paar Schritte näher. Etwas hatte sich in ihnen geöffnet. Sie wollten gerne mehr von der Ruhe und dem Frieden, die von dieser abgemagerten Frau ausgingen. Sie wollten ihr gerne noch lange zuhören.

25
Leere und Liebe

Wie schon gesagt, es lauschten nicht alle andächtig auf Frau Tossilos schillernde Ausführungen. Andere schleiften soeben Marlon an der Bühne entlang bis zu Mister Maize, der einen Laptop öffnete. Janka wurde von zwei jungen Chinesen herangebracht.

»Diese Kinder sehen zwar ganz normal aus, sie sind aber nur Computerspielgeschöpfe. Wir transportieren sie sofort zurück. Nicht dass sie noch mehr Ärger machen«, erklärte Mister Maize und machte mit einer Kopfbewegung klar, dass Janka dicht neben Marlon festgehalten werden sollte. Dann begann er zu tippen.

Zur gleichen Zeit tippte auch Johann auf Kurmos Rücken. Und ebenfalls zur gleichen Zeit kreiselte im Saal ein computergesteuertes Netz durch die Luft und jagte ein ums andere Mal herunter. Kurmo wich aus. Johann verlor sein Ziel. Das Netz warf sich herum. Der Drache flog wieder zur Seite, aber das Netz war schon da, und er rauschte direkt hinein. Es drückte ihn schwer zu Boden. Zum Glück blieben die Rückenzacken stabil und hielten das Netz an der Stelle, wo Johann sich duckte, etwas auf Abstand, sonst wäre er zerquetscht worden. So machte es ihn nur bewegungsunfähig, und sein Laptop bekam einen tiefen Kratzer. Kurmo fauchte ein letztes Mal. Auch er konnte sich nicht mehr rühren.

Zahlreiche Drachentöterstangen wurden auf sie gerichtet. Der Schmallippige ließ seine Fingerknöchel knacken. Dann näherte er sich sehr langsam, als wolle er jeden Schritt unendlich auskosten.

Wie mickrig der Drache sich krümmte. Wie dürr und schäbig weiß. Konnte man das Vieh jetzt überhaupt noch gebrauchen? Oder musste er ihn nachher, wenn seine Männer weg waren, entsorgen?

Janka biss zu. Sie versenkte ihre Zähne tief in die Hand des Chinesen, so dass dieser grell aufheulte und sie losließ.

Sie stürmte nach vorne. Ihr kam es vor, als flöge sie, so schnell rannte sie auf den Schmallippigen zu. Sie wollte ihm sein grausames Lächeln aus dem Gesicht reißen, sie wollte … Da fuhr er herum und stieß sie zurück. Sie stolperte und fiel, ihr Kopf tat einen Ruck, etwas klackte und landete neben ihr auf dem Beton. Janka wurde leicht schwarz vor Augen.

Alles war verloren. Kurmo war am Ende, Johann konnte sich nicht mehr rühren, Marlon wurde ins Spiel zurückgebracht, und Frau Tossilo hatte völlig den Verstand verloren. Und sie, Janka, lag hier am Boden. Ihr Herz krampfte sich zusammen. Sie blinzelte, und Tränen rannen ihr über die Wangen.

Das Schwarze vor ihren Augen verflüchtigte sich wieder.

Direkt vor ihrer Nase stand etwas. Ein verschwommener rubinroter Quader. Er war beim Sturz aus der Tasche ihres Kleides gerutscht.

Janka blinzelte abermals, tastete danach und spürte die glatte Oberfläche der kleinen Schatulle. Sie rappelte sich vorsichtig ins Sitzen und atmete gegen ein Schwindelgefühl an. Hinter ihr lachte der Schmallippige, weit weg, wie in einem Traum.

Janka öffnete den Micro-Infinity-Safe.

»Bist du da?«, hauchte sie.

Sie erhielt keine Antwort. In unserer Welt existieren keine Computerspiellöcher, und schon gar nicht können sie Antworten auf gehauchte Fragen geben.

Janka drehte ihren Kopf dem Schmallippigen zu. Er stand vor dem regungslosen Kurmo, sah auf seine protzige Uhr und wischte darauf herum. Janka schaffte es ins Stehen.

Der Schmallippige knurrte.

»Hast du noch nicht genug, Mädchen? Dann wiederholen wir das Ganze doch gleich noch mal.« Er drehte sich ihr zu, kam heran und hob auch schon wieder die Hand. Doch als er zuschlagen wollte, hielt er inne, als könne er das plötzlich nicht mehr. Ein Ausdruck des Nicht-Verstehens huschte über sein Gesicht. Dann erschlaffte sein Blick, erlosch und wurde grau.

»Ich, ich werde aus dem Drachen alles herausholen ...« Weiter kam er nicht. Der Satz erschien dem Schmallippigen mit einem Mal völlig sinnlos. Auch seine erhobene Hand war sinnlos. Eigentlich war überhaupt alles sinnlos. Wertlos. Nichts. Der Schmallippige fühlte sich von einer Sekunde auf die andere ausgebrannt und hohl.

Leer. Leer. Leer.

Sicherlich gibt es eine medizinische Erklärung für den plötzlichen Zustand des Schmallippigen. Oder vielleicht ist es einfach Zufall gewesen, oder vielleicht kann man sein Verhalten psychologisch deuten. Vielleicht war die Leere ja schon immer in ihm gewesen und trat aufgrund der Erschöpfung durch den Drachenkampf nun ganz plötzlich hervor. Oder vielleicht hatte er nur auf seine Uhr gut geachtet, aber nicht auf sich selbst? Weshalb sich nun immer mehr Männer im Saal sehr, sehr niedergeschlagen fühlten, kann man bestimmt irgendwie oder auch wissenschaftlich erklären. Vielleicht ist es aber auch ganz anders gewesen. Anders, anders. Vielleicht ist ja gleichzeitig mit dem Schmallippigen noch jemand auf Janka zugekommen. Oder eher gesagt, um sie herum.

Herum. Auf keinen Fall das Mädchen berühren, das wäre für dieses Geschöpf ungesund, wäre alles andere als positiv. Wäre eher negativ.

Was war das hier für eine seltsame Abfolge? Was für eine Welt? Sie war wirklich sehr seltsam und anders. Oder sehr *wirklich* und anders. Es selbst war ja plötzlich auch ganz wirklich und ganz anders. War es etwa etwas geworden? Konnte das sein?

Positiv.

Weiterkriechen. Die Ränder schwammig werden lassen. Etwas aufsaugen. Jetzt sofort. Dieses dringende Bedürfnis, etwas zu sich zu nehmen, war hier noch viel stärker als in den heimatlichen Gefilden.

Also etwas aufsaugen. Nicht die Kinder, nicht die Frau, nicht …

Graue Schlieren legten sich auf das Gemüt der Drachentöterarmee. Ihr Wille, den Drachen zu bändigen, erlosch. Ihre Richtung ging verloren. Auch die beiden jungen Chinesen ließen Marlon los und starrten abwesend in die Luft. Marlon stand vorsichtig auf, rieb sich die Oberarme dort, wo die Männer ihn festgehalten hatten, und blickte unsicher zu Mister Maize. Der klappte seine Laptops zu und begann zu weinen. Er wollte nicht mehr da sein. Hier nicht und auch nicht woanders. Nirgends mehr.

Marlon blieb unschlüssig dort, wo er war. Er hielt sich

an der Bühne fest. Sollte er jetzt wegrennen oder sich lieber nicht rühren? Überall im Saal legten sich Männer auf den Boden und schienen nur noch schlafen zu wollen, als wäre alles andere unerträglich, als hätten sie keine Kraft mehr.

Kraft verspürten nur noch diejenigen, die Frau Tossilo und ihrer Liebesbotschaft lauschten. Ihnen verschleierte nichts Graues den Blick, höchstens etwas Pinkes. Sie spürten nicht nur Kraft, sondern auch großen Tatendrang in sich.

Von einem positiven Ort war die Rede gewesen. Von einander sehen, einander zuhören. Von Frieden und Freiheit. Das durften doch nicht nur Worte bleiben. Das musste man umsetzen. Am besten fing man gleich mit Freiheit an. Mit Drachenfreiheit.

Zwei traten also zu dem apathischen Schmallippigen und führten ihn in eine Saalecke. Andere griffen das silbrige Netz und zerrten es mit vereinter Kraft von Kurmo und Johann herunter. Mister Panshid, der auch Frau Tossilo zugehört hatte, ließ das Netz zurück in die Luft kreiseln und dann schlaff dem Schmallippigen vor die Füße fallen.

Kurmo rührte sich kaum. Seine Augen waren geschlossen. Johann stöhnte und versuchte, sich aufzusetzen. Janka wankte zu ihnen.

»Jo?«, flüsterte sie.

»Es geht schon. Mir tut nur der Rücken ziemlich weh.«

»Okay«, hauchte sie und legte dann behutsam die Hand an den Drachenhals.

»Kurmo? Kannst du aufstehen? Wir müssen hier weg.«

Kurmo schnaubte matt.

Johann stieg von ihm herunter.

»Komm!« Janka strich über die Drachenhaut. »Wer weiß, wie lange sich diese Männer noch so hilfsbereit verhalten.«

Kurmo schnaubte abermals, dann hob er ein wenig den Kopf und hievte sich hoch. Langsam und vorsichtig, und seine Beine zitterten dabei. Als er endlich stand, verharrte er eine ganze Weile, so als müsse er sich erst wieder in seinem Körper zurechtfinden. Schließlich öffnete er die Augen. Sie waren warm und schön wie immer, und sie begegneten dem Blick der Männer, die ihnen zu Hilfe gekommen waren.

Der Raum wurde weit.

Kurmo nickte den Männern dankbar zu.

Sie erwiderten seinen Gruß. Einen Drachen zu befreien war mit einem Mal viel schöner, als einen zu fangen. Einen Drachen leben zu sehen viel erfüllender, als ihn auszubeuten.

»Es tut mir leid«, murmelte einer von ihnen, und ein anderer fragte: »Möchtet ihr … also, ich meine, sollen wir euch gleich wieder in euer Spiel zurück…?«

Doch Mister Panshid kümmerte sich nicht um diese Frage, er ließ bereits die Saaltüren zur Seite gleiten.

»Wenn ihr möchtet, könnt ihr gehen«, sagte er und wies mit der Hand nach draußen.

Es war Nacht geworden, und das Areal von Black West International war von grellem Flutlicht erhellt.

Als Antwort auf Mister Panshids Angebot, humpelte Kurmo, samt Johann neben ihm und gefolgt von Janka, auf die geöffneten Türen zu. Er trat in die Nachtluft, und seine Drachensilhouette flackerte. Er wurde für ein paar Augenblicke durchscheinend. Doch als er wieder richtig sichtbar wurde, lief ein Schimmern über seine Haut, und ein weißsilbernes Leuchten flog in die Welt hinaus.

»Ich möchte nach Hause«, raunte er und wandte sich wieder dem Saal zu. Marlon stand immer noch neben der Bühne und hielt sich daran fest. Frau Tossilo kniff gerade einem Weinenden freundlich in die Wange.

»Nach Hause?«, wiederholte sie. Dazu fiel ihr Folgendes ein:

Ein hohes Haus.

Ein flauschiger Teppich.

Und dubiose Farbflakons, mit denen man sich, warum auch immer, die Fingernägel anmalen musste.

Sie ließ die Wange des Weinenden los und strich ihm über den Kopf. »Es geht dir nicht gut, das sehe ich, aber ich glaube, du bekommst das hin, auch ohne mich, denn ich muss jetzt los.«

Sie rannte dem Ausgang zu.

»Marlon«, rief Janka. »Komm.«

Da endlich löste auch Marlon sich von der Bühne und folgte Frau Tossilo hinaus. Janka umarmte ihn kurz, und dann eilten sie gemeinsam davon.

26
Wege nach Hause

Die Nachtluft war kühl und tat gut. Die fünf folgten einem gepflasterten Pfad, der von gestutzten Bäumen gesäumt war. Mehrmals bogen sie ab, aber kein Weg schien aus dem Black-West-Areal hinauszuführen. Als sie endlich nach langer Zeit, durch Glück oder Zufall, den großen Platz erreichten, hätten sie sich gerne an die Fahnenmasten gesetzt und sich erholt, aber dazu war noch nicht die Zeit. Denn falls diese Männer sich doch wieder dazu entschlossen, sie zu jagen, wollten sie natürlich nicht mehr hier sein.

Frau Tossilos und Kurmos Silhouetten flackerten immer wieder und verschwanden aus Jankas, Johanns und Marlons Blickfeld.

Plötzlich kam zwischen zwei breiten Betongebäuden ein Shuttle hervorgeglitten. Die drei pressten sich dicht an den unsichtbaren Kurmo, als könnten sie dadurch selbst durchscheinend werden.

Der Shuttle hielt nicht. Er fuhr an ihnen vorbei und bog in die Richtung ab, die zu dem weißen Saal führte. Obwohl das Fahrzeug getönte Scheiben gehabt hatte, die beiden Personen in seinem Inneren waren trotzdem vage erkennbar gewesen.

»Sarvas!«, keuchte Johann, und sein Kiefer zitterte.

»Wir müssen schneller werden!«, drängte Janka. »Dort vorne zu der Schranke müssen wir, seht ihr? Da geht es hinaus aus dem Gelände.«

Johann biss die Zähne aufeinander. Er taumelte eher vorwärts, als dass er ging. Sein Rücken fühlte sich heiß an, und auch sein Kopf begann zu hämmern.

»Komm, stütz dich auf mich.« Marlon hakte ihn unter.

Als sie die Schranke schließlich hinter sich gelassen hatten, wurden Kurmo und Frau Tossilo wieder körperlich, und Janka wagte vorsichtig zu fragen: »Kurmo? Fliegen kannst du wohl nicht, oder?«

Der Drache wiegte bedauernd den Kopf.

»Aber wie kommen wir von hier weg?«

Darauf wusste keiner eine Antwort.

»Wir gehen einfach mal nach dort«, entschied Frau Tossilo und zeigte auf die einsame Straße, die sich durch einen Wald zog. Nachdem sie den Flutlichtbereich verlassen hatten, war es komplett dunkel. Das Rauschen von Bäumen und das Hämmern eines Spechts waren zu hören.

»Wenn wir nur wüssten, wo wir hier eigentlich sind«, flüsterte Janka beklommen und tastete sich mit den Füßen vorwärts. »Oder wenn wenigstens der Mond scheinen würde.«

»Ich finde«, meldete sich Marlon, »dass wir umdrehen sollten und es lieber mit der anderen Richtung versuchen. Die Straße wird immer steiler, und Johann, so wie du auf mir draufhängst, wirst du das nicht durchhalten.«

»Mein Rücken«, stieß Johann hervor. »Dieses Netz war wirklich schwer.«

Sie machten kehrt. Frau Tossilo stützte Johann von der anderen Seite, doch als sie es in den erleuchteten Bereich zurückgeschafft hatten, raunte Kurmo: »Ich kann nicht weiter.«

Und Johann pflichtete ihm bei: »Pause, wir brauchen eine Pause.«

»Okay, aber doch nicht hier«, wandte Janka ein. »Wenn, dann lasst uns zwischen die Bäume kriechen, dann sieht man uns wenigstens nicht, falls jemand aus dem Gelände herauskommt.«

Sie wechselten die Straßenseite, aber Johann schaffte es nicht mehr zwischen die Bäume. Er beugte sich schmerzverzerrt nach vorne.

»Ich weiß, es ist keine tolle Idee«, keuchte er den Asphalt an. »Aber wie wär's, wenn ich uns noch mal nach *Secret*

Silence bringe? Von dort aus können wir direkt nach Hause und müssen nicht hier herumirren. Die Koordinaten habe ich ja alle gespeichert. Es ginge bestimmt ganz schnell.«

»Spinnst du, Johann!«, fauchte Janka. »Wir gehen auf keinen Fall noch mal in das Spiel!«

»Das würde ich auch nicht empfehlen«, sagte eine Sing-Sang-Stimme hinter ihnen. Mitten auf der Straße stand Sherpa Sarvas.

Keiner von ihnen hatte ihn kommen gehört. Weder ihn noch die bleiche, schwarzgekleidete Frau, die hinter ihm stand. Frau Tossilo aber lächelte gleich erfreut.

»Sie würden das also nicht empfehlen? Mögen Sie keine Spiele? Wer sind Sie denn eigentlich, wenn ich fragen darf?«

Sarvas und die Frau wechselten einen wissenden Blick, als verstünden sie sehr gut, dass Frau Tossilo sich nicht mehr an sie erinnern konnte, obwohl sie ja mit der Frau im Hubschrauber geflogen war und mit Sarvas durchaus lange im Glasbunker gesprochen hatte.

»Mein Name ist Sherpa Sarvas, und das hier ist meine Schwester Jigme«, erklärte Sarvas und kam einen Schritt näher.

»Welch schöne Namen! Ich heiße«, begann Frau Tossilo, doch dann strich sie sich zerstreut mit den Fingern über die Stirn. »Also, ich heiße, nun ja …«

Marlon kam ihr zu Hilfe. »Das ist Frau Tossilo«, rief er, und Sarvas kam noch einen Schritt auf sie zu.

»Nicht näher kommen!«, rief Marlon schnell.

Da blieb der zierliche Mann tatsächlich, wo er war, und ließ auch seine nach Kurmo ausgestreckte Hand wieder sinken. Aber Marlon war noch nicht fertig. Janka kannte das von ihm, kam er einmal in Fahrt, war er nicht mehr zu stoppen.

»Wir sind alle auf der Suche nach etwas. Sie wollen doch nicht nur das Geld von Black West, sondern auch noch etwas anderes. Nicht umsonst sind Sie so oft in die Spiele gereist, dass Sie keine weitere Rückreise mehr überleben würden, Sie haben …«

Kurz holte Marlon Luft und versuchte, sich ins Gedächtnis zu rufen, was genau er mit Janka im Kleiderschrank gehört hatte. Vielleicht ließen Sarvas und seine Schwester sich ja verwirren. Mutig fuhr er fort.

»Ihre letzte Reise, Jigme, liegt schon über Jahre zurück, und trotzdem verblassen Sie manchmal noch. Und immer wieder haben Sie diese Leerstellen. In den Muskeln, im Kopf und im Gefühl. Das ist sicherlich belastend. Und Sie, Herr Sarvas, mussten sich ja, als Sie das Drachenei herausholen gingen, schwer beherrschen, um wieder in diese Welt zurückzukommen. Sie wollten den Drachen im Spiel am liebsten ewig zusehen. Wir können Ihre Faszination verstehen, und dennoch raten wir Ihnen, uns hier und jetzt in Ruhe zu lassen, uns nicht weiter aufzuhalten, denn wir …«

»Wie kannst du das alles wissen?«, fragte Sarvas halb fasziniert und halb verunsichert.

»Dieser Junge ist vielleicht nicht echt«, flüsterte Jigme ihm schnell zu und betrachtete Marlon dabei, als wäre er eine Sache. »Er muss ebenfalls aus einem Spiel herausgekommen sein, du weißt doch, die Dinger können in unseren Gedanken manchmal lesen wie in einem Programm.«

»Der Junge kommt aus keinem Spiel!«, sagte Kurmo fest und sah erst Jigme und dann Sarvas tief in die Augen. »Der Junge nicht und ich ebenfalls nicht. Und nun werden wir gehen. Nach Hause. Lebt wohl.« Er wandte seinen schweren Leib, um in die Dunkelheit davonzustapfen.

»Nach Hause«, murmelte Jigme plötzlich leise, als wäre etwas in ihr gebrochen. »Dorthin haben wir auch immer gewollt.«

Frau Tossilo dachte an den Flauscheteppich und versuchte, zwischen all dem Flimmern und Flackern zu verstehen, weshalb Jigme dort schon immer hingewollt hatte.

Dieser Wunsch hatte etwas mit Geborgenheit zu tun, das leuchtete ihr ein, aber handelte es sich bei »Zuhause« vielleicht gar nicht nur um einen Ort? Konnte es auch etwas anderes sein?

Schuppen. Schmelzen. Spiegel.

Eine langköpfige Liebe vielleicht?

Oder ein Mensch?

»T9,9,9,9,7,9«, hallte es in ihr und durch sie hindurch.

War es für jeden etwas anderes?

Ein Land. Die Erde. Ein Lachen.

»Sind Sie in einem Gebirge zu Hause?«, wandte sie sich an Jigme, die nach einer Weile langsam nickte. Traurig, wie es Frau Tossilo vorkam.

»Ist es hoch?«, fragte sie weiter. »Ist es groß? Können wir selbst so groß sein? So groß wie ein Zuhause. Miteinander. Können wir ankommen und nichts mehr befürchten und ausatmen und wissen, wir sind da. Wir sind. Können wir uns sehen, wirklich sehen, und uns so lassen, wie wir sind, und es gibt nichts zu tun. Kommen Sie doch, kommen Sie mit uns, begleiten Sie uns in unser Zuhause, es ist sehr hoch, sechzehn Stockwerke, und wir haben bestimmt Platz genug.«

Jigme sah Frau Tossilo gerührt an. Sie lächelte sogar leicht. Johann aber verbannte seine Rückenschmerzen in den Hinterkopf und knurrte.

»Unterstehen Sie sich bloß! Wir haben überhaupt nicht Platz genug, wir haben nur genug durchgemacht!«

»Das wissen wir«, sagte Sherpa Sarvas, der sich jetzt wieder vollständig gesammelt hatte. »Mister Panshid hat uns eben einiges erzählt. Ihr mögt es wahrscheinlich nicht glauben, doch wir sind nicht hierhergekommen, um euch zu belästigen, sondern um euch Hilfe anzubieten. Mister Panshid und ein paar andere kümmern sich im Moment um die Männer im Saal, denen es schlechtgeht. Doch wer kümmert sich um euch, haben wir uns gefragt? Wie kommt ihr hier weg? Wir wollten das gerne sicherstellen.«

»So? Wollten Sie das?«, stieß Johann verächtlich hervor,

doch ehe er noch weiterreden konnte, fiel ihm Frau Tossilo schon wieder ins Wort.

»Das wollten Sie sicherstellen, wie freundlich von Ihnen. Danke. Und wie genau wird das nun gehen?«

»Nun«, überlegte Jigme gedehnt. »Wir könnten Sie und die Kinder zum nächsten Flughafen bringen und Sie in ein Flugzeug setzen. Den Drachen, tja, ich weiß nicht, vielleicht versteckt er sich erst einmal hier im Wald. Morgen früh organisieren wir einen Lkw, der ihn zurückbringt. Klingt das gut?«

»Klingt es nicht!«, fauchte Janka. Niemals würde sie sich von Kurmo trennen. Auch Johann zischte: »Kurmo alleine lassen? Nein! Dann raume ich uns doch lieber Meter für Meter heimwärts. Auch wenn das ewig dauert!«

»Du tust was?«, erkundigte sich Jigme interessiert. »Raumen, was ist das?«

Johann schwieg.

Aber Frau Tossilo freute sich, denn Raumen, das sagte ihr auch wieder etwas, das war doch diese Sache mit dem lauten Knall, mit der Johann Kurmo immer auf den Balkon transportiert hatte. Und ehe sie jemand daran hindern konnte, verkündete sie stolz: »Dieser Junge hat nicht nur eine Methode erfunden, mit der er in Spiele hineinkommt, sondern auch eine, mit der er etwas durch die Gegend transportieren kann. Nicht nur Daten, wohlgemerkt, sondern auch Körper. Und es funktioniert immer genau einen Meter!«

Jigmes Augen wurden weit und rund.

»Ist das wahr? Wie alt bist du denn?«, hauchte sie. »Du bist ja unglaublich.«

»Es ist wahr. Ich bin fast vierzehn, und ich bin nicht unglaublich«, gab Johann eisig zurück.

»An was hast du deinen Rechner denn dazu angeschlossen?«, fragte Jigme unbeirrt.

»Das geht Sie rein gar nichts an!« Doch dann fing Johann Jigmes Blick auf, und er merkte mit einem Mal, dass diese Frau ihn nicht aushorchen wollte. Vor ihm stand ein Mensch mit einer ähnlichen Leidenschaft wie er selbst. Etwas in ihm schmolz.

»Angeschlossen? Den Rechner? Wie meinen Sie das?«, fragte er schließlich.

»Nun, du brauchst doch unglaublich viel Energie, um einen ganzen Körper zu transportieren. Nicht in der virtuellen Welt, sondern in unserer.«

»Ach ja?«, murmelte Johann. »Ich habe den Laptop nirgends angeschlossen. Ich habe es einfach immer so gemacht.«

»Nicht angeschlossen und trotzdem einen Meter«, murmelte Jigme, und mit glänzenden Augen wandte sie sich wieder an Sarvas. »Wir klinken uns in die Notfallaggregate des Campus ein. Wenn diese Sache wirklich funktioniert, könnte sie nicht nur die Kinder, die Frau und den Drachen auf der Stelle nach Hause bringen, sondern auch uns.«

Ein sehnsüchtiges Zittern lief sogleich übers Sarvas Gesicht. Dann zog er ein rotes Bonbon aus der Hosentasche.

»Schmallippe hat mich gedemütigt. Ich habe keine Lust, einfach zu verschwinden«, antwortete er seiner Schwester.

»Du willst Rache?«, fragte Jigme mit wachsendem Eifer.

»So ist es.« Die Bonbonfolie knisterte, als Sarvas sie auseinanderzog.

»Dann werde ich mich eben nicht nur um die Notfallaggregate kümmern, sondern gleichzeitig um die komplette Stromversorgung. Wie wäre das?«

»Das wäre natürlich etwas anderes«, antwortete Sarvas, dann wandte er sich wieder an Janka, Johann, Marlon, Kurmo und Frau Tossilo. »Wir machen euch einen Vorschlag. Wir helfen euch, damit ihr jetzt hier sehr schnell wegkommt. Ihr alle zusammen. Samt Drache. Und als Gegenleistung geben wir nicht nur eure Zieladresse ein, sondern auch unsere. Ist das ein Deal?«

Johanns Kopfhaut begann zu kribbeln. Er wollte keine Deals mit Sarvas und Jigme machen. Er wollte hier nur verschwinden. Seinen reißenden Rücken in ein weiches Bett legen und auch Janka, Marlon, Kurmo und Frau Tossilo wohlbehalten und sicher zu Hause wissen. Aber ohne Hilfe funktionierte das wohl nicht.

»Lass es uns machen«, flüsterte Janka.

»Es wird uns nichts passieren«, meinte Marlon, und auch Kurmo nickte ihm sachte zu.

Johann schluckte. »In Ordnung«, sagte er.

»Können wir eigentlich mal weiiiter?«, nölte Frau Tossilo. »Mir reicht es hier, ich habe Hunger, und meine Fingernägel sehen furchtbar aus.«

»Sie hat recht«, meinte Jigme. »Wir sollten handeln, solange die Chefetage sich noch in diesem apathischen Zustand befindet. Wenn ihr also bereit seid, dann folgt mir.«

27
Klick und zurück

Auf dem Campus hielt Sarvas einen Shuttle an. Kurmo nahm seine Kräfte noch einmal zusammen und sprang auf das Dach, die anderen zwängten sich in die nun ziemlich gestauchte Kabine. Das eingedellte Fahrzeug ächzte, dann rollte es an.

Jigme war vorangefahren, um die Alarmanlagen außer Kraft zu setzen und die Nachtwächter woandershin zu ordern. In einer von Neonlicht beleuchteten Halle trafen sie wieder aufeinander.

Kurmo ratschte vom Dach. Janka, Johann, Marlon und Frau Tossilo schälten sich aus dem Shuttle heraus und sahen sich um. Hier sirrten alle möglichen Geräte, und rote Leuchtpunkte waberten quallengleich durch die Luft. Sarvas verschwand in einen Nebenraum, und Jigme begab sich in die Mitte des Raumes vor einen riesigen Bildschirm.

»Bleibt beim Wagen«, riet sie und begann, etwas auf dem Bildschirm zu verschieben, so lange, bis die wabernden Punkte im Raum sich beschleunigten und schließlich auf einer runden Umlaufbahn hintereinanderherjagten.

»Und du«, sie nickte Johann zu, »fang an zu tippen.«

Er tat, wie ihm geheißen.

»Alles ist bereit.« Sarvas war zurück.

»Gut. Dann kommt jetzt hierher.« Jigme winkte sie in die Mitte.

Janka, Marlon, Kurmo und Frau Tossilo drängten sich zu einem dichten Pulk zusammen und hielten Johann, der sich vor sie stellte, gut fest. Ihre Herzen schlugen ein bisschen schneller, und sie atmeten auch ein bisschen unruhig. Für mehr Aufregung aber waren sie zu erschöpft.

Jigme und Sarvas platzierten sich ihnen gegenüber, und Johann bemerkte, dass es feucht in ihren Augen glänzte. Sie sahen plötzlich kleiner und verletzlich aus. Hätte er die beiden unter anderen Umständen getroffen, hätte er sie vielleicht sogar ein wenig gemocht.

»Ich bin so weit«, sagte er. »Erst ihr, dann wir.« Er richtete den Laptop auf Sarvas und Jigme aus.

Jigme nickte knapp. »Dann lasst es uns hinter uns bringen.« Sie zog mit einer ruckartigen Bewegung eine Diagonale über den riesigen Bildschirm. Die roten Punkte rasten von der Umlaufbahn und schossen auf die kleine Gruppe zu.

»Adiós«, flüsterte Sarvas, und als ihr Knall die Luft zerriss, stemmte Johann den Laptop nach oben, wie ein Schild, wie ein Dach, und drückte noch einmal auf *Enter*.

Die Halle wurde dunkel. Das Sirren verschwand. Das komplette Black-West-International-Areal wurde schwarz und still. Nicht einmal die Putzroboter glitten mehr durch die Gänge, denn selbst die Akkus hatten sich entladen. Keine maschinelle Bewegung war mehr wahrzunehmen. Und keiner der sieben befand sich mehr dort.

..0..0.1 ..1...0. 01...... 0...1... ....0... ...0...1 0.....0.

..1....0 0..1.... 0.1..... ..1..0.. ....1.0. ..1...0. 0....1..

. . . .

. . . .

. . . Sachte, sachte Tastatur, ...

. . . . ein Raster nur, doch fast ein Schwuur. . 1 .

. . 0 . . Das Cluster ist nun aufgelöst, ...

. . . . . . F8 gedrückt, ... 0

. . . . .der Strom gelöscht.

. . . . .Ein Klick,

. . . . .und wir sind fort. . . . . . .

. . . .

. . . .

. . . .

..0..0.1 ..1...0. 01...... 0...1... ....0... ...0...1 0.....0.

..1....0 0..1.... 0.1..... ..1..0.. ....1.0. ..1...0. 0....1..

.Der Weltenklang. . . . .

. .. . .das Drachenherz. . . . .

. . . . .vorbei der Raum. . . ..

. ... .vorbei der Schmerz. . . . .

. ... .Die Zeichen werden neu gesetzt,. .

. . . . .was lose war, ist nun vernetzt. ..

. .. . Du bist. . .. .

. und wir sind

.. . . fort. . . . .

. . . .

28
Endlich zu Hause

Frau Tossilo flackerte ins Unsichtbare, Kurmo lag erschöpft im weißen Samenmeer und rührte sich noch nicht, aber Janka und Johann konnten im dürftigen Licht ganz deutlich erkennen, dass sie zu Hause waren. Nun ja, noch nicht ganz zu Hause, aber eben hinterm Schornstein, auf der Dachterrasse des Hochhauses.

»Ich hätte gerne ein Eis.« Marlon tastete nach seiner Brille.

»Wie kannst du jetzt so was sagen?«, fragte Janka. »Nach all dem? Außerdem zitterst du.«

»Eben. Ich möchte Gleiches mit Gleichem ausgleichen«, antwortete Marlon.

»Oah, Marlon«, brummte Johann und stützte seine Hände in den unteren Rücken. »Ich möchte mich nur noch mit meinem Bett ausgleichen.«

Jetzt öffnete Kurmo die Augen und hob langsam räkelnd den Kopf, als wäre er ein junger Pflanzentrieb, der durch weiche Frühlingserde wächst.

»Ich möchte hier oben schlafen«, raunte er. »Es ist schön, endlich wieder unter den Sternen zu sein.«

»Ja, sie sehen schön aus«, war auch Frau Tossilos Stimme zu hören. Die anderen konnten nicht sehen, dass sie dabei die Sterne gar nicht ansah, sondern Janka und Johann.

Erinnerungsfetzen sortierten sich in ihr. Mehr und mehr wurde ihr deutlich, wer Janka und Johann eigentlich waren und wie sehr sie sie mochte und vermisst hatte.

Aber weil die Geschwister zu den Sternen hochschauten, legte Frau Tossilo auch ihren Kopf in den Nacken und sah zum dunklen Himmel mit seinen hellen Punkten. Wie ein Schutzschirm spannte er sich über ihnen auf.

Nach und nach dämmerte ihnen allen, dass sie wahrhaftig gerettet waren, dass alles Schlimme wirklich vorüber war.

Sie waren zu Hause. Sie alle zusammen.

Ein großes warmes Gefühl durchflutete sie, so dass sie eine ganze Weile nicht mehr sprachen. Wenn man jetzt das Leuchten ihrer Herzen hätte sehen können, dann hätten sie den Sternen Konkurrenz gemacht.

Vielleicht wäre die kleine Gruppe noch Stunden so andächtig dagestanden, doch ein hässliches Knurren holte sie in die normalen Sphären zurück.

Frau Tossilos Magen fand nämlich, dass er, nach der langen Zeit von Nahrungsentzug, ein durchaus größeres Recht auf Beachtung hatte als das Herz.

Und ein weiteres Geräusch ertönte ebenfalls. Nämlich das Knarren der Tür zur Hochhausterrasse.

»Hier seid ihr! Gott sei Dank!« Jankas und Johanns Mutter kam herangestürzt. Sichtlich erbost und endlos erleichtert. »Was fällt euch ein! Ich habe gesagt, nicht so spät! Und dann kommen Papa und ich um halb zwei nach Hause und finden leere Betten vor. Und gegessen habt ihr auch nichts!« Die Mutter hielt inne, sah die Kinder an und den Laptop in Johanns Händen. Sie runzelte die Stirn. »Wart ihr in der Zwischenzeit überhaupt unten, Johann? Ich meine, seitdem ich hier oben gewesen bin?«

»Nee«, gestand Johann.

»Und Janka, dass du auch noch nicht im Bett bist! Wieso bist du eigentlich hier, war es bei Lenya doch nicht so toll?«

»Wieso bei Lenya?«, fragte Janka. Marlon schaltete sich ein.

»Wir waren nicht unten, weil wir etwas Wichtiges zu erledigen hatten. Das können Sie uns glauben. Und irgendwie war es bei uns nicht spät, wir hatten eine andere Perspektive, vieles ist ja eine Sache der Perspektive und …

auf jeden Fall, also, wenn wir jetzt immer noch etwas zu essen bekommen könnten, wäre das super.«

Die Mutter sah ihn an und konnte ein leichtes Grinsen nicht verbergen. »So, so.«

Da fasste Marlon sie freundlich am Arm und brachte sie dazu, sich umzudrehen. Weg von der noch unsichtbaren Frau Tossilo und von Kurmo, der im Weiß der Pappelsamen und bei dem dürftigen Licht hier oben nicht gleich auffiel und den die Mutter in ihrem Ärger und aufgrund des Schornsteins bisher übersehen hatte. Aber das konnte sich schnell ändern. Es war nur eine Frage der Perspektive.

Erst jetzt kam Janka richtig zur Besinnung.

»Mama!«

Marlon wurde beiseitegedrängt, und Janka schlang die Arme um ihre Mutter. Fest. Ganz fest. »Mama!« Die Mutter roch nach Lavendelseife, nach Tomatensoße und ein wenig auch nach der Aufzugkabine, und es war wunderbar, diesen Duft einzuatmen. Janka wollte sie am liebsten nicht mehr loslassen, denn es kam ihr so vor, als seien sie und Johann und Marlon sehr lange weg gewesen. Zu lange. Nicht nur einen Nachmittag und eine halbe Nacht, sondern viel, viel länger.

»Du bist ja ganz verkuschelt?«, wunderte und freute sich die Mutter und drückte Janka dabei an sich.

Johann hätte sich auch noch gerne in die Arme der Mutter geworfen, aber sie entwand sich Janka bereits und meinte wieder etwas strenger: »Also ihr Nachtschwärmer, gehen wir! Und über die ganze Sache reden wir morgen noch mal. Und mit dir, Johann, will ich einen Plan entwerfen, wie du in Zukunft mit deinem Laptop und deinem Smartphone umzugehen gedenkst. Nicht für die Sachen, die du damit für die Schule machen musst, sondern für die Freizeit. Wir benötigen wirklich feste Abmachungen! Das heute war jetzt echt der Gipfel!«

»Ist gut«, sagte Johann, und so erschöpft, wie er sich gerade fühlte, meinte er es auch tatsächlich so.

Die Mutter verschwand durch die schmale Tür ins Treppenhaus. Janka, Johann und Marlon aber drehten sich noch einmal um.

Um dem Schornstein lagen die Pappelflusen, und darin flackerten Kurmos Nüstern. Frau Tossilo war nicht zu sehen, aber Janka rief: »Wir sehen uns morgen wieder. Und ich stelle nachher ordentlich Essen vor unsere Wohnungstür. Auch wenn Sie in Ihrem Küchenschrank bestimmt noch die eine oder andere Tütensuppe haben.«

»Tütensuppen? Wer isst denn bitte so etwas?!«, kam es von Frau Tossilo zurück.

Janka, Johann und Marlon mussten grinsen, als sie den beiden »Gute Nacht« winkten.

29
Ein neuer Anfang

Am nächsten Tag schliefen alle erst mal richtig aus. Nein, nicht alle. In der Klinik am See wurden die Patienten auch am Sonntag früh geweckt. Das gehörte hier zur Therapie. Sogar die, die erst mitten in der vergangenen Nacht dort Zuflucht gesucht hatten, mussten um fünf Uhr dreißig raus aus den Federn. Die Zugfluchtsuchenden waren ziemlich viele gewesen und hatten Poloshirts, Anzüge und grüne Uniformen angehabt.

Hier in der Seeklinik würde sich nun zugewandtes Personal um diese Menschen kümmern und sie dabei unterstützen, zurück in ihr Leben zu finden.

Ihr Leben würde sich natürlich stark verändern, denn

der ganze Black-West-Campus war ja auf unbestimmte Zeit lahmgelegt. Jigme und Sarvas hatten gründlich dafür gesorgt, dass die Stromversorgung dort nicht so schnell wiederhergestellt werden konnte.

Auch würden die Mitarbeiter, die von der merkwürdigen Leere unbeschadet geblieben waren, nicht mehr zu Black West zurückkehren. Sie hatten noch in der Nacht untereinander Ideen ausgetauscht. Sie wollten versuchen, ein anderes Unternehmen zu gründen. Ein kleineres, eines, das den Schwerpunkt nicht so sehr auf mehr Macht und mehr Geld hatte.

Aber von all dem würden Janka, Johann, Marlon und Frau Tossilo nichts mehr mitbekommen.

Im Moment schliefen sie sowieso noch, obwohl das Morgenlicht sich bereits gleißend über die Dächer von Berlin goss.

Ein Schwarm Tauben ließ sich auf der Umzäunung der Hochhausterrasse nieder. Sie ließen ein »Ruruh« ertönen und hüpften auf die Terrassenplatten. Neugierig trippelten sie auf den weißen Berg zu, der sich da in den Pappelflusen hob und senkte. So etwas hatten sie in ihrem Taubenleben noch nie gesehen. Aber sie hatten ja so manches noch nicht gesehen. Ohne Scheu hüpften die dicken Vögel auf den kleinen Berg hinauf und ließen sich von seinem Atem auf und nieder wiegen. Sie verloren jedoch schon bald wieder das Interesse und flatterten mit lautem Flügelschlag zurück in die Berliner Luft.

Kurmo hob den Kopf. Er sah den Tauben hinterher. Dann sog er die Morgenwärme in sich auf und fuhr sich mit seiner rauen Zunge über den Halsansatz. Er erschauderte wohlig.

Das, was er dort spürte, war nichts Glattes. An seinem Hals wuchsen Schuppen! Und nicht nur an seinem Hals, überall wuchsen sie. Zart zwar noch, aber schimmernd und eine neben der anderen.

Er stieß ein Fauchen aus, dass es zwischen den Hochhäusern widerhallte.

Heil werden, ganz werden, neu werden. Licht. Das hatte er schon oft und wieder und wieder erlebt. Und immer wieder war es schön und aufregend und voller Zauber.

Unter seinem Flügel wurde Frau Tossilo wach. Sie knitterte sich unter dem Drachen hervor und streckte ihre dünnen Arme. Das Schlafen hatte ihr gutgetan. Ihr Gedächtnis hatte sich noch ein bisschen mehr erholt, und sie flackerte nicht mehr. Jedenfalls momentan.

Dafür gab ihr Magen wieder gefährliche Laute von sich. Sie hatte sich in der Nacht zwar noch Jankas Provianttopf vor der Wohnungstür abgeholt, aber jetzt biss sie der Hunger noch schlimmer als gestern.

»Ich flitze mal los, etwas zu essen zu besorgen. Irgendein Sonntagsshop wird schon geöffnet haben. Soll ich dir drei Hähnchen kaufen, oder lieber fünf?«

»Ich fresse doch gar keine Hähnchen«, antwortete Kurmo.

»Kleiner Scherz«, behauptete Frau Tossilo hastig und lief los. »Ich bringe natürlich Burtelsur mit.«

»Brauchst du nicht. Meine Nahrung ist auf Licht umgestellt. Auf Licht und Luftfeuchtigkeit, denn seit heute Morgen bin ich ausgewachsen.«

»Ausgewachsen?« Frau Tossilo blieb stehen. »Du bist doch viel kleiner als früher.«

»Das kommt durch das Raumen ins Computerspiel und lässt sich wohl auch nicht mehr beheben. Aber eigentlich finde ich diese Größe gar nicht schlecht.« Der Drache reckte sich.

»In die Wohnung passt du auf alle Fälle so besser«, pflichtete Frau Tossilo ihm bei.

»Ja, und sobald mein Schwanz wieder nachgewachsen ist, werde ich hinunterfliegen. Ich glaube, ich passe jetzt sogar durch die Balkontür.«

Frau Tossilo sah auf den Stumpf an Kurmos Rücken. Er war tatsächlich schon etwas länglicher geworden.

»Und dann«, raunte Kurmo, legte den Kopf zurück, und in seinen schönen Augen spiegelte sich eine kleine weiße Wolke, »und dann fliege ich hinauf. Hinaus in die Weite.«

»Aber dann geht doch alles von vorne los«, wandte Frau Tossilo ein. »Wenn man dich wieder sieht?«

»Ich kann mich nicht ewig verstecken«, antwortete Kurmo.

»Ja, schon, aber …«

»Wir haben so viel erlebt und zusammen durchgestanden und geschafft. Und jetzt bin ich frei.«

Frau Tossilo schwieg, und Kurmo fuhr fort: »Als ich damals durch das Labyrinth in meinem Ei hindurchmusste, bin ich nicht vom Inneren nach außen gekrochen und dann geschlüpft. Vielmehr habe ich mich von außen nach innen bewegt. Und je weiter ich kroch, umso mehr habe ich meine Gestalt angenommen, umso mehr wuchs ich. Als ich in der Mitte angekommen war, war ich so groß geworden, dass mir das Ei zu eng wurde. Und ich war so stark geworden, dass ich die harte Schale aufzusprengen vermochte. So kam ich in diese Welt.«

»Was willst du damit sagen?«, fragte Frau Tossilo. Kurmos Antwort kam etwas verzögert.

»Auch unsere beider Reise kommt mir so vor, als wären wir nach innen gewandert und wären dabei gewachsen. Sehr. Ich habe keine Angst mehr.«

»Glaubst du etwa, du kannst jetzt so einfach über die Stadt segeln?« Frau Tossilo zog ihre Augenbrauen ein wenig zusammen.

»Einfach vielleicht nicht. Vorboten haben es nie einfach. Aber das Flackern kommt mir vielleicht zugute.«

Kurmo legte abermals den Kopf in den Nacken. Weiß, wie ich bin, werde ich zwischen den Wolken gleiten, werde ab und zu durchscheinend, und meine Wirklichkeit wird ganz langsam und sanft zu wirken beginnen.

Frau Tossilo kaute auf ihrer Lippe herum. Sie hatte

von dem, was Kurmo gesagt hatte, vor allem ein Wort behalten.

»Vorboten?«

Der Drache begegnete wieder ihrem Blick.

»Ich wusste ja auch immer nicht, warum ich jetzt schon da bin. Eigentlich hätte es noch lange gedauert. Vielleicht ist es durch Sarvas' Computerspiel-Ei geschehen. Wie gesagt, ich weiß es nicht. Aber es ist, wie es ist, und es ist eine Sache der Temperatur. Die Erde wird wärmer, und mit der Wärme kehren die Drachen zurück. So einfach.«

»So einfach, aha.« Frau Tossilo wollte noch etwas anderes sagen, etwas über Wärme in Herzen. Und über Verbindung. Dass Kurmo ihr Leben war und dass sie ebenfalls keine Angst mehr haben würde. Doch in ihrem Kopf tat sich wieder eine Nachwirkungslücke auf, und sie vergaß ihre Worte. Stattdessen machte sie einen Satz in die Luft und brüllte: »Bäcker! Bääääcker!!! Ich komme!«

Im nächsten Augenblick war sie auch schon von der Terrasse geflitzt, und weil der Aufzug mal wieder nicht kam, raste sie spiralförmig alle Treppen des Hochhauses nach unten.

Auf der Straße angekommen, musste Frau Tossilo sich an einen Stromkasten lehnen. Ihre Muskeln waren etwas geschwächt. Glücklich war sie trotzdem.

Die Menschen, die an ihr vorübergingen, trugen bunte Sommerkleidung und rochen schwitzig und nach Sonnencreme. In der Linde über ihr zwitscherten ein paar Vögel, und der Doppeldeckerbus, der vorüberrauschte, zog eine süßliche Abgaswolke hinter sich her. Frau Tossilo atmete sie ein. Wunderbar echt.

Schließlich stieß sie sich vom Stromkasten ab und eilte weiter über die Schlaglöcher des Gehwegs dahin.

»Ileyor«, murmelte sie mit einem Mal. »Ich werde dich nicht vergessen. Ich bin dankbar, dass wir uns begegnet sind. Auch wenn du nicht echt warst.« Dann lächelte sie. »Jedenfalls behauptet das Janka. Marlon würde sagen, ob echt oder nicht, ist eine Sache der Perspektive.«

Die Verkäuferin in der kleinen Bäckerei war auf alle Fälle sehr echt. Das merkte Frau Tossilo gleich am ruppigen Tonfall. Frau Tossilo strahlte sie trotzdem an, und als die Verkäuferin die vollgepackten Tüten über die Theke reichte, lächelte sie ein wenig zurück, und dann sagte sie sogar noch etwas: »Wie heiß es heute doch wieder ist.«

»Ja, äußerst heiß«, pflichtete ihr Frau Tossilo bei, öffnete die Tüte und stopfte sich ein duftend weiches Rosinenbrötchen in den Mund. Die Verkäuferin war noch nicht fertig mit dem Gespräch.

»Da kann man gespannt sein, wo diese Hitze noch hinführt, was da noch so alles auf uns zukommt«, sagte sie.

»Das ist wahr«, kaute Frau Tossilo und kicherte in sich hinein. »Da kann man wirklich sehr gespannt sein, wer da noch so alles kommt.«

30
In der kommenden Zeit

In der kommenden Zeit wuchs Kurmos Schwanz jeden Tag ein kleines Stück. Janka und Johann kamen immer am späten Abend auf das Hochhausdach, um ihn zu besuchen. Gleich nach der Schule waren sie oft im Schwimmbad anzutreffen.

Janka mit Lenya, Marlon und anderen aus ihrer Klasse auf der Liegewiese unter den großen Bäumen, und Johann mit Baran und seinen Freunden auf den großen Steinstufen, in der Nähe des Kiosks.

Manchmal trafen die Geschwister sich zufällig in der Schlange vor der großen Rutsche. Johann grinste Janka dann an und verschwand wieder zwischen seinen Jungs.

Früher hätte Janka das bedauert. Aber das war anders geworden. Sie hatte so viel mit ihrem Bruder erlebt, sie wusste, wie sehr sie einander liebten. Sie fühlte sich tief mit ihm verbunden, dass es ihr nichts mehr ausmachte, wenn er ihr mal nicht so viel Beachtung schenkte. Außerdem schenkte Marlon ihr ja so viel Beachtung, dass es eigentlich für drei Brüder reichte. Obwohl Brüder einem nicht unbedingt ein silbernes Armband mit kleinen Elefanten schenkten.

Johann war froh, dass es seinem Rücken wieder gutging und dass Baran in diesem Sommer auch sehr fürs Schwimmbad zu haben war und nicht nur fürs Computerspielen in kurzer Hose.

In den ersten Tagen nach ihrer Rückkehr hatte er nämlich ein wenig Angst vor seinem Rechner gehabt. Die hatte sich jetzt zwar wieder gänzlich gelegt, trotzdem übte das Gerät nicht mehr die magische Anziehung auf Johann aus wie einst. Er programmierte, spielte, chattete und so weiter schon noch gerne, aber nicht mehr im endlosen Ausmaß.

Dafür zeichnete er wieder mehr. Versunken kritzelte er an Skizzen, arbeitete viel mit Schatten und Licht und übte sich endlos an Farbverläufen.

Er freute sich, als der Vater sagte: »Deine Bilder sind gut, Johann, wirklich richtig, richtig gut!«

Und er lächelte, als die Mutter meinte: »Darauf sieht alles so echt aus! Sehr gut gefallen mir auch deine außergewöhnlichen Kombinationen von Alltagsgegenständen und Phantastischem.«

Johann zeichnete oft Kurmo. In allen Größen und Farben, in denen er den Drachen erlebt hatte. Bei Nacht, bei Tag, auf dem Flauscheteppich, neben dem Gummibaum oder auf der Dachterrasse, im Schlaf um Frau Tossilo gerollt, von Tauben umgeben. Oder im Flug mit Janka, Marlon und sich selbst oben drauf.

Oder Kurmo allein weit oben in den Wolken, dann eher abstrakt, fast verblasst, ja, kaum mehr zu erahnen und in Gesellschaft von vielen anderen ebensolchen Geschöpfen.

Aber immer zeichnete er ihn mit einem kräftigen Schwanz. Ganz und geheilt.

Dass Kurmo nicht gänzlich heilen würde, konnte Johann nicht wissen.

Der Reset-Jack-Trank hatte seine Nie-geschehen-Wirkung nämlich in der Realität nicht entfaltet. Vielleicht konnte man doch nicht mit einem Trank aus einem Computerspiel eine echte Verletzung rückgängig machen.

Das Peilpulver sendete also nach wie vor den Aufenthaltsort des Drachen. Bei Black West International war die Stromversorgung mittlerweile wieder in Gang gesetzt, die Aggregate repariert, und die Geräte für den Empfang von Kurmos Signalen funktionierten erneut tadellos.

Aber es arbeitete dort ja niemand mehr, der diese Signale zu deuten wusste.

»Was sind das nur für komische Zackenwellen?«, fragte sich täglich der Mensch, der seit ein paar Monaten mit der Überwachung jenes Bildschirms beauftragt worden war.

Weil er es aber nicht herausfand, beschloss er schließlich, die Sache nicht weiter zu verfolgen.

Vielleicht war das ja auch nur ein Spleen der alten Campusleitung gewesen, dachte er. Wie man sich erzählte, war dieser Chef in den letzten Jahren etwas seltsam geworden und dieses Jahr wohl komplett ausgefallen. Er hatte einen Nervenzusammenbruch erlitten oder was auch immer, auf jeden Fall sollte er jetzt nicht mehr ganz zurechnungsfähig sein, und es schien äußerst schlimm um ihn zu stehen.

Das hatte man jedenfalls immer wieder gehört.

31
Im Labyrinth

Die Gerüchte, die auf dem Campus kursierten, stimmten nicht ganz.

Dem Schmallippigen ging es inzwischen nicht mehr so schlecht. Er konnte jetzt, da er schon ein paar Monate in der Klinik war, sogar schon wieder etwas Gartenarbeit machen.

Er ging gern mit der Arbeitstherapeutin durch den Garten und begutachtete die körnige Erde um die Kräuterstauden, die er mit seiner Hacke und seinen Händen vom Unkraut befreit hatte.

Der Herbst ließ dieses Jahr auf sich warten, und noch Ende Oktober brummten die Fliegen durch die Luft.

Heute war es sonnig, warm und windstill.

Und heute kam der Schmallippige, wie jeden Tag auf dem Weg zum Kräutergarten, am Kliniklabyrinth vorbei. Das war ein Buchsbaumirrgarten, direkt neben dem See.

Einige Mitpatienten hatten ihm schon davon erzählt. Doch diesen Morgen hatte er plötzlich Lust hineinzugehen. Er legte seine Hacke ins Gras und schritt los.

Schon hatten ihn die Büsche verschluckt, und es wurde merklich dunkler. Ein kurzes Unbehagen überkam ihn.

Er kam an die erste Weggabelung und bog ab. Nach links und dann gleich noch mal nach links und tiefer hinein. Wie abgeschirmt man hier doch war. Selbst das Radio auf der Terrasse erklang hier gedämpft.

Er geriet in einen Blindgang und drehte um, abermals versperrte ihm eine Buchsbaumwand den Weg. Er versuchte es anderswo und ging weiter. Langsamer.

Vielleicht lief er im Kreis oder sogar zurück, aber eigentlich war das gar nicht so wichtig, denn es war doch ganz schön, hier hindurchzuwandern. Es begann ihm zu gefallen. Was sich wohl in der Mitte des Labyrinths befand? Die anderen Patienten hatten von etwas großem Weißem gesprochen.

Wieder verließ er einen Blindgang, und plötzlich war er da.

Weiß, mit dünnem violettem Rand waren die Blütenblätter der Blumen, die hier in der Sonne wuchsen. Sie dufteten fast so süß wie Honig.

Der Schmallippige berührte sie kurz mit der Hand. Dann sah er sich ihre Mitte genauer an, gelb und buschig.

Plötzlich hörte er einen leisen Ton. Der kam nicht von den Blumen, sondern aus der Luft. Er blickte empor. Hoch oben in den Wolken blinkte ihm etwas Sonnenbeschienenes zu.

Ein Bauch. Und große, kraftvolle Flügel.

Er öffnete den Mund.

»Das, das ...«

Sein Herz begann bis in seinen Hals zu pochen, und Traurigkeit stieg in ihm auf. Aber es war nicht die Traurigkeit der vergangenen Monate. Es war eine warme, weiche.

Er hob die Hand in Richtung Himmel.

Das weiße Blinken war schon wieder vorüber, und er war sich gar nicht mehr sicher, ob es überhaupt wirklich gewesen war.

»Herr Siegner?«, hörte er da die Stimme der Arbeitstherapeutin. »Ist alles in Ordnung bei Ihnen? Wir beginnen jetzt mit den Samen fürs Winterbeet. Wo sind Sie denn eigentlich?«

Er antwortete nicht. Er wollte gerne noch eine kleine Weile hier drinbleiben.

Er atmete ein paarmal ein und aus.

Aber irgendwann machte er sich dann doch auf den Weg zurück oder nach vorne, je nachdem, aus welcher Perspektive man das sah.

32
Novemberflug

Hoch oben aber flogen Kurmo, Janka, Johann und Marlon weiter. Und weiter. Über den ruhigen, glatten See, der ihr Bild dem Himmel zurückspiegelte. Über zahllose, staubbraun verbrannte Felder, bis die Landschaft hügeliger wurde. Und auch zerklüfteter.

Sie waren wieder unterwegs.

Diesmal in die Gegend, in der Frau Tossilo aufgewachsen war.

Letzten Montag, bei ihrem wöchentlichen Treff auf dem Hochhausdach, hatte Frau Tossilo sich nämlich plötzlich die Hand an die Stirn geschlagen und gerufen:

»Wir müssen ja noch unseren Ausflug in den Steinbruch

nachholen. Am ersten Mai waren wir ja irgendwie verhindert.«

»Allerdings.« Johann hatte gegrinst und sich gefreut. »Verhinderter kann man eigentlich kaum sein.« Und Janka hatte vergnügt hinzugefügt: »Erster Mai, erster November, was spielt das schon für eine Rolle? Warm genug, um draußen zu übernachten, ist es dieses Jahr ja immer noch.«

»Nur vielleicht nicht mehr ganz so hell«, hatte Frau Tossilo gemeint, aber das war ja nicht unbedingt ein Hinderungsgrund.

»Ach, Marlon erzählt uns bestimmt ein paar erhellende Anekdoten«, hatte Johann gekichert, was ihm einen Stoß von Jankas Ellbogen eingebracht hatte.

Frau Tossilo hatte das nicht mehr mitbekommen. Sie war schon in den neunten Stock hinunterspaziert, um mit Janka und Johanns Eltern die Sache zu besprechen.

Jetzt erreichte Kurmo den Wald.

Ein dunstiges Meer aus graugrünen Erhebungen und schieferblauen Schatten. Kleine, kreisrunde Lichtungen tauchten auf, und plötzlich rief Marlon: »Da unten links, die Schlucht, das muss es sein!«

Der Drache entschleunigte und legte sich sanft in die Kurve.

»Ein pinkes Quadrat? Ist das die neue Picknickdecke, von der sie erzählt hat?«

Janka begann zu winken. »Hey, hallo Frau Tossilo! Halloooo, hallooo!«

»Schrei mir nicht so ins Ohr«, knurrte Johann. »Das hört sie doch nicht. Zum Glück hatten wir bei der Auswahl vom Essen mehr Mitspracherecht als bei der Deckenfarbe.«

Kurmo ging in den Sturzflug über. Janka und Marlon begannen regelrecht zu kreischen, und Johann hielt sich die Ohren zu, aber er rief: »Geht das nicht schneller, Kurmo?«

Der Wind schnitt ihnen steif ins Gesicht, bis Janka bat: »Erbarmen, Kurmo, Erbarmen!«, und Marlon: »Schlaufenflug, bitte!«, und Johann: »Vollgas!«

Fliegen war eine super Sache, fand er. Es durfte einfach keine Kurven geben, dafür musste es richtig schnell sein.

Tiefer und tiefer sauste der Drache, wie ein weiß schimmernder Pfeil, wie ein Sonnenstrahl auf dem Weg zur Erde. Kurz vor den Wipfeln der Eschen, die in der Mitte des Steinbruchs aufragten, bremste er ab. Verbliebene Blätter segelten zu Boden, und Kurmo setzte ebenfalls auf.

Frau Tossilo kam über die hellen Steine heran. Sie strahlte über das ganze Gesicht.

»Ich habe schon auf euch gewartet. Schön, dass ihr da seid, und herzlich willkommen!«

Dann setzten sie sich zusammen auf die pinke Picknickdecke, die noch flauschiger als der Flauscheteppich war. Irgendwann wurde es dunkel.

Sie aßen und lachten und lauschten einander ihren

Erinnerungen, während Kurmo ein kleines Lagerfeuer spuckte und mit beiläufigen Schwanzschlägen die Mücken verscheuchte. Denn die wussten im wirklichen Leben sehr gut, was Stechen war.

DANKE

Nun ist meine Drachengeschichte zu Ende, und ich möchte mich bei meinem Mann und meinen Kindern bedanken für die Unterstützung, die Begeisterung, den Humor und die Kritik, die sie mir während des Schreibens und auch sonst im Leben schenken.

Meinem quasi Cousin Tobi sage ich ein großes Danke für seine ausführlichen Beschreibungen. Er ist nämlich ein absoluter Computerspielfan und hat mir viele Dinge aus dieser Welt berichtet. Zum Beispiel, dass man aus dem Spiel herausfallen kann und über eine leere Seite fällt.

Meinem Freund Wigbert danke ich für alles, was er mir über Farbverläufe, Programmierung und Pixel erzählt und aufgeschrieben hat.

Und den Jungs, die nach meinen Lesungen im Unterallgäu noch eine Weile geblieben sind, um mich darüber aufzuklären, was gerade angesagt ist, winke ich hiermit dankbar zu.

Als Letztes möchte ich mich ganz herzlich bei euch Kindern bedanken, die ihr meine Bücher lest, mir schreibt, mir Fragen stellt, denn das gibt mir immer wieder Schwung und Freude, um weiter schreiben zu können.

Valija Zinck, April 2019

Wenn dir ›Drachenleuchten‹ gefallen hat,
magst du vielleicht auch
›Penelop und der funkenrote Zauber‹.
Hier kannst du schon einmal reinlesen.

1
Penelop Gowinder

Penelop Gowinder war ein seltsames Mädchen. Sie hatte bleigraues Haar, das ihr tief ins Gesicht fiel, und sie roch nach Feuer.

Wenn ihre Mutter sie rief, hörte Penelop das manchmal schon, bevor Frau Gowinder überhaupt den Mund aufgemacht hatte, dann sagte sie:

»Ja, Mama, ich habe die Haare heute schon gewaschen« oder »Okay, okay, ich bringe Oma den Kaffee sofort hinauf.«

Für Penelop war das bleigraue Haar ganz normal, sie kannte es ja nicht anders. Den Feuerduft bemerkte sie kaum, und über das Schon-vorher-Hören machte sie sich auch keine Gedanken. Gedanken machte sie sich nur über ihren Geburtstag. Der war im Sommer, genauer gesagt, am dreizehnten August. Jedes Jahr am dreizehnten August regnete es. Immer. Das fiel außer Penelop fast niemandem auf. Und weil die meisten Menschen einen Regenschirm oder ein Cape benutzten, bekamen sie auch nicht mit, dass man von dem Regen am dreizehnten August nicht wirklich nass wurde.

Als Penelop an ihrem siebten Geburtstag ihrer Mutter von der Merkwürdigkeit des Regens erzählt hatte, war die Mutter ganz blass im Gesicht geworden und hatte geschimpft: »Ich will von solchen eigenartigen Sachen nichts hören! Davon habe ich in meinem Leben wahrlich schon genug gehabt!« Penelop hatte sie gefragt, was sie denn damit meine, doch Frau Gowinder war still geblieben, und Penelop hatte geglaubt, dass sie eine Träne im Auge ihrer Mutter glitzern sah. Und weil sie ihre Mutter sehr liebte, sagte sie nichts mehr über diesen eigenartigen Geburtstagsregen. Weder am achten Geburtstag noch sonst irgendwann.

Zusammen mit Oma Erlinda und der grauen Katze Cucuu wohnten Penelop und ihre Mutter in einem kleinen, etwas zugigen Holzhaus am Ortsrand, gleich neben den Sumpfwäldern. Auch wenn das Haus eng war, liebte Penelop es sehr. Besonders weil es so aussah, als hätte es eine Drachenhaut. Das lag daran, dass das Haus früher knallrot gewesen war, aber Penelops Mutter hatte es mit dunkelgrüner Farbe überstrichen. Jedes Jahr nach dem Sommerregen blätterte grüne Farbe von den Brettern, und mehr rote Farbe kam darunter hervor. Bis das Haus ganz rotgrüngesprenkelt war.

Penelops Vater wohnte nicht mit ihnen im Drachenhaus. Er wohnte überhaupt nirgends mehr, denn er war gestorben, als Penelop noch ganz klein war. Sie vermisste ihn, obwohl sie ihn ja gar nicht kannte. Das Einzige, was sie von ihm hatte, waren seine Katze Cucuu und ein altes Schwarzweißfoto, das allerdings schon ziemlich ramponiert aussah. Auf dem Foto sah man, wie ein langhaariger Mann Penelops Mutter – die noch keine Falten auf der Stirn und einen kugelrunden, schwangeren Penelop-Bauch hatte – lachend umarmte. Sonst gab es im ganzen Haus nichts, was an den Vater erinnerte. Frau Gowinder hatte all seine Dinge weggegeben, weil sie sie zu traurig machten. Das fand Penelop schade. Sie hätte gerne mehr über ihren Vater gewusst, seine Dinge hätten ihr etwas über ihn erzählen können. Manchmal, wenn Penelop fragte, sagte Oma Erlinda zwar: »Durchaus bedauerlich, dass der Kerl nicht mehr da ist«, aber die Mutter sprach nie von ihm.

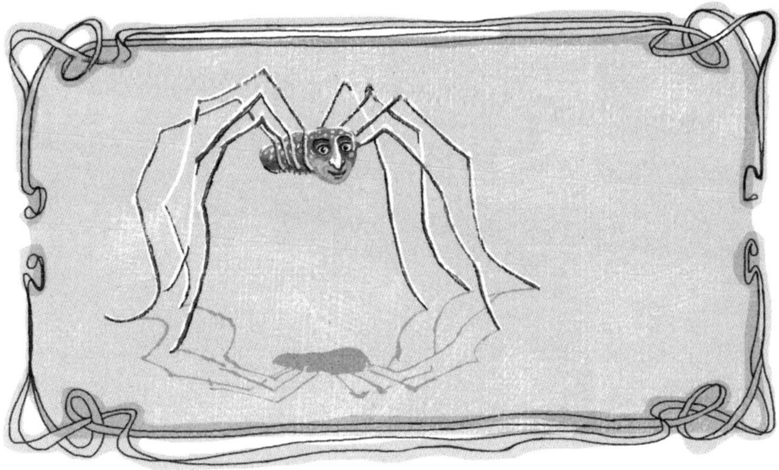

2
Regenwetter

An einem düsteren Freitagmorgen im April wachte Penelop auf, weil ihr etwas über die Nase krabbelte.

»Lass das, Cucuu!«, murmelte sie im Halbschlaf. Aber dann fiel ihr ein, dass die Katze ja als Wärmflaschenersatz auf ihren Füßen lag und dass das, was da krabbelte, sich eher anfühlte wie etwas mit vielen Beinen.

»Heilige Sumpfkuh!« Penelop fuhr hoch und streifte sich angeekelt einen großen gelbgrauen Weberknecht aus dem Gesicht. »Was fällt dir ein?!«

Der Weberknecht wackelte, ohne Antwort und so schnell er es auf seinen dürren Beinen vermochte, unters Bett.

»Unhöflich bist du auch noch!« Penelop hatte eigentlich nichts gegen Weberknechte, Spinnen oder sonstiges Krabbelgetier, nur nicht unbedingt um sechs Uhr morgens auf der Nasenspitze. Dann fiel ihr Blick auf die schlafende Cucuu.

»Nennst du das etwa Wachschutz? Da werde ich in aller Frühe von einem mageren Achtbeiner angegriffen, und du liegst nur da und schnarchst?« Die Katze ihres Vaters öffnete nicht einmal ein Auge. Mit mir redet wohl heute keiner, dachte Penelop. Doch das änderte sich im nächsten Augenblick. Ein durchdringendes »Penelop, Hiiiiiiilffeeeeeeeeee!« hallte durchs Haus.

Aha! Wenigstens die Mutter hatte ihr etwas zu sagen. Wahrscheinlich war die Milch angebrannt, oder ihr waren drei Tropfen Kaffee übers Kleid gespritzt. Aber als Penelop die ausgetretene Holztreppe nach unten tappte, roch es weder nach verbrannter Milch noch nach köstlichem Kaffee, und die Mutter schlief zusammengerollt auf ihrer Schlafcouch. Dieses verflixte Schon-vorher-Hören! Manchmal war es doch zu lästig. Besonders wenn das Vorher mehrere Tage dauerte, brachte es Penelop wirklich durcheinander.

Leise, um ihre Mutter nicht zu wecken, begann sie, sich Frühstück zu machen. Eisenkrauttee und Butterbrötchen. Das gab es immer, wenn sie ohne die Mutter aß. Frau Gowinder arbeitete als Klarinettistin am Theater in der Stadt. Wenn sie abends Vorstellung hatte, kam sie oft erst weit nach Mitternacht zurück. An den darauffolgenden Morgen schlief sie meistens etwas länger, und Penelop frühstückte dann allein. Also auch heute. Sie biss in ihr Brötchen und beobachtete dabei die Regentropfen, die in krunkeligen Bahnen an der Fensterscheibe entlangrannen. Schade, dass es kein Geburtstagsregen ist! Da werde ich bis zum Bus heute ordentlich nass, dachte Penelop und nahm noch einen Schluck Tee.

Als sie aus dem Haus trat, blies ihr eiskalter Wind ins Gesicht. Sie zog den Kopf zwischen die Schultern und holte ihr Fahrrad aus dem Schuppen. Der Weg, der von dem rotgrüngesprenkelten Haus zur Dorfstraße führte, war ein buckeliger Sandpfad, an dessen Rand Gewürzsträucher wuchsen. Hier schob Penelop meistens, und erst wenn sie bei der alten Rotbuche auf die gepflasterte Straße trat, stieg sie aufs Rad und strampelte den steilen Hügel zum Dorf hinauf.

An diesem Morgen kam ihr ein fremder Traktor entgegen. Er rollte schnell und polternd auf sie zu, und genau als Penelop mit ihrem Rad eine riesige Pfütze umfuhr, beschleunigte das Gefährt und preschte mitten in die Pfütze hinein. Wasser und Sand spritzten in einem dicken Schwall zur Seite. Penelop kam sich vor, als hätte man sie eben aus einem schmutzigen Teich gezogen.

»Du blödes Beulengesicht! Das wirst du doppelt und dreifach zurückbekommen. Verlass dich drauf!«, schrie sie dem Traktor hinterher und wischte sich übers Gesicht.

Was war das nur für ein Tag? Erst ein Spinnentier auf der Nase und dann eine dreckige Traktordusche.

»Und du!«, schimpfte sie die Straße. »Hättest du ihn nicht um eine andere Kurve fahren lassen können?«

Die Straße antwortete natürlich nicht, und Penelop strampelte weiter bergauf zur Bushaltestelle.

»Hast wohl im Sumpfwald gebadet, was?«, fragte der Busfahrer grinsend, als sie einstieg. Penelop hatte keine Lust, darauf zu antworten.

In der Schule zerrte sie sich die nassen Kleider vom Leib, hängte sie über eine Schranktür und zog sich stattdessen das müffelnde T-Shirt und die müffelnde kurze Hose aus ihrem Turnbeutel an. Das war zwar viel zu wenig für diesen nasskalten Apriltag, aber besser als nackt, befand sie, und irgendwie würde es schon gehen, sie war schließlich kein Gänseblümchen. Als dann aber ihr Zähneklappern den Unterricht von Herrn Pumpf derart störte, dass dieser eine zitterige Zickzacklinie anstatt einer Geraden zog, rief der Lehrer laut:

»Schluss mit dem Geklapper! Jungs und Mädchen der 5b, Solidarität ist gefragt! Sowohl mit mir, eurem armen Mathematiklehrer, als auch mit unserer verehrten Miss Gowinder. Wer möchte ihr eine schützende Schicht gegen eine heraufziehende Lungenentzündung als Spende darbieten?«

Die Frage hätte wohl eher lauten müssen, wer möchte

nicht? Denn jeder mochte. Und so saß Penelop wenig später in einem halbseidenen Unterhemd, einem mintgrünen Rollkragenshirt, einem Kapuzenpulli, einer Strickweste, einem rotorangegestreiften sowie einem schwarzen Schal, einer leicht kratzenden Strumpfhose, einer violetten Haarschleife, einem Stirnband, einem Silberring mit Rosenmuster, einem gestopften Strumpf und beigefarbenen Leggins in der Bank.

»Fehlen nur noch Schuhe«, meinte Herr Pumpf halb im Scherz. Da sprangen zwei spindeldünne strohblonde Jungen vom hinteren Tisch auf und wieselten nach vorn. Tom und Pietsch. Sie hatten die gleiche Zahnlücke, die gleiche Art zu grinsen und die gleichen grellblauen Turnschuhe, und diese boten sie Penelop nun in Größe 38 links und rechts in Größe 39 an.

»Wir können bis morgen auch mal einbeinig hüpfen!«, rief Pietsch, legte die Schuhe vor Penelop auf den Tisch und sprang dann Arm in Arm mit Tom zurück an seinen Platz. Alle Schüler und Schülerinnen in der Klasse lachten, und Penelop wusste gar nicht, was sie sagen sollte. Sie fühlte sich reich beschenkt. Zwar schwitzte sie in all den Sachen, und die Schuhe waren ihr natürlich viel zu groß, aber was machte das schon?

Sonst passierte an diesem Vormittag nicht mehr viel, und als sie sich am Mittag auf den Heimweg machte, hätte sie eigentlich ihre schon fast trockenen Kleider wieder anziehen können. Aber sie wollte das wohlige Gefühl, von der ganzen Klasse umhüllt zu sein, nicht schon wieder hergeben.

3
Im Sumpfwald

Der Regen hatte nachgelassen und sich in ein leichtes Nieseln verwandelt. Penelop nahm die Abkürzung durch den Sumpfwald. Durch den Ort brauchte sie nämlich einundzwanzig Minuten bis zum Drachenhaus, durch den Wald nur zwölf. Wer schon einmal in einem Sumpfwald gewesen ist, weiß, dass es dort nur vereinzelte, äußerst schmale Wege gibt, die man auf keinen Fall verlassen darf. Wer sie doch verlässt, versinkt sogleich bis über die Brust im kalten Sumpf. Und wer das unwahrscheinliche Glück hat und wieder herauskommt, muss strumpfsockig weitermarschieren. Der Morast saugt einem die Stiefel von den Füßen, verschluckt sie und gibt sie nicht mehr her.

Als Penelop ihr Fahrrad vorsichtig über eine knorrige Wurzel lenkte, rutschte ihr beinahe der Reifen weg, so glitschig war heute der Weg. Sie fasste den Lenker fester, krallte sich mit den Zehen in die zu großen Turnschuhe, kurvte mit äußerster Sorgfalt um den nächsten Baum und erschrak.

Auf dem Weg vor ihr lag etwas. Etwas, das nicht in einen Sumpfwald gehörte, sondern um einen Hals. Ein dunkelgrünes Stück Stoff mit rosa Rosen darauf. Penelop erkannte das Halstuch ihrer Mutter sofort.

Warum liegt das Ding hier auf dem Weg?, fragte sie sich und hob es auf. Sie sah sich nach allen Seiten um, aber da waren nur die Bäume, das Sumpfgras und der Wind, der an ihren grauen Haaren zupfte.

»Mama?«, rief sie leise, »bist du hier?«

Niemand antwortete. Penelop stopfte das Halstuch in die Tasche der Strickweste, blickte sich noch einmal um und fuhr dann, so schnell es der nasse Pfad erlaubte, weiter.

Mit klammen Fingern klopfte sie an die grünrotgesprenkelte Haustür, aber aus dem Inneren kamen keine Geräusche.

»Mama!«, rief Penelop, »Oma Erlinda! Bitte macht auf.« Es antwortete keiner. Penelop ging einmal um das Haus herum und sah durch die Fenster. Kein Kochtopf, der auf dem Herd dampfte, keine Frau Gowinder die Klarinette übte, keine Oma Erlinda über ihrer Münzsammlung, nur die graue Cucuu lag zusammengerollt auf einem Sessel.

Was hat das nur zu bedeuten?, fragte sich Penelop und ließ sich auf der kleinen Holzstufe vor der Eingangstür nieder. Augenblicklich begann ihre Zunge wie von selbst zu schnalzen. Das tat die Zunge immer, wenn Penelop angestrengt nachdachte. Eigentlich nicht weiter schlimm, nur manchmal etwas lästig.

»Grundgütiger Himmel, Kind, da bist du ja endlich!«

Oma Erlinda stand auf einmal vor der Holzstufe. Dass es Oma Erlinda war, erkannte Penelop an dem abgewetzten olivgrünen Regenmantel und dem dicken Bauch darunter, sonst aber sah die Oma völlig anders aus. Die Haut grau, die braungefärbten Haare völlig zerzaust, die Augen verschwollen und die Nase rot. Was war passiert?

»Deine Mutter hatte einen Unfall.« Oma Erlinda ließ sich neben Penelop auf die kleine Stufe sinken.

»Was?« Penelop sprang auf.

»Beruhige dich, beruhige dich. Es ist nicht so schlimm. Wir können sie gleich besuchen fahren.«

Auf der langen Busfahrt zum Krankenhaus erzählte Oma Erlinda, dass die Mutter im Dorf von einem Traktor angefahren worden war. Sie hatte nur ein paar Prellungen abbekommen, aber sie konnte immer nur für ein paar Minuten wach sein, dann wurde sie wieder ohnmächtig.

»War Mama heute auch« – schnalz – »im Sumpfwald?«

»Nein, wieso?«, fragte Oma Erlinda.

»Weil – ach, nur so«, sagte Penelop und sah aus dem Fenster über die Wiesen zum Wald.

4
Die neue Frisur

In den nächsten Wochen musste Penelop sich daran gewöhnen, ihre Mutter nur am Wochenende zu sehen, und sie litt sehr darunter. Der Weg mit dem Bus zum Krankenhaus dauerte über zwei Stunden. Zu weit, um unter der Woche dort hinzufahren. Bei den Besuchen schlief die Mutter meistens, aber wenn sie wach war, lächelte sie Penelop tapfer an und meinte: »Es wird bald wieder. Ich fühle mich schon viel kräftiger, und bald komme ich nach Hause«.

Penelop hoffte innig, dass das stimmte.

An Oma Erlindas Kochkunst musste sie sich auch gewöhnen. Wobei man zu den schranktrockenen Leberknödeln oder den halbschwarzen Spiegeleiern, oder was die Oma sonst zusammenrührte, eigentlich weder Kochen noch Kunst sagen konnte.

Rezept

Spiegelei à la Erlinda Erk

Zutaten: zwei Eier
eine Pfanne
eine Sammlung alter Münzen

Schlagen Sie die Eier ohne Fett in eine kalte Pfanne.
Stellen Sie die Pfanne auf den Herd (höchste Stufe)
und beginnen Sie dann, Ihre Münzen zu sortieren.
Sobald sich der Qualm in der Küche gut verteilt hat,
können der Herd abgestellt und das Fenster laut kreischend
geöffnet werden. Servieren Sie die verkohlten Eier erst vollständig
erkaltet.
Guten Appetit

Und dass es schwierig war, ein grellblaues Schuhband aufzutreiben, daran gewöhnte sie sich auch. Der Schnürsenkel aus dem linken geliehenen Turnschuh war nämlich am folgenden Tag völlig zerrissen gewesen. Wahrscheinlich war das irgendwie im Sumpfwald passiert. Pietsch hatte zwar gemeint, er bräuchte kein neues, er hätte noch orangefarbenes Ersatzband, aber das kam für Penelop überhaupt nicht in Frage. Wenn sie etwas auslieh, dann gab sie es auch zurück. Auch wenn es, wie jetzt, wohl etwas dauern würde.

An einem Freitagabend – Penelop war am Nachmittag im Krankenhaus gewesen, und der Arzt hatte gemeint, am nächsten Tag könne Frau Gowinder nach Hause – an diesem Abend also lag Penelop im Bett und merkte auf einmal, dass sich etwas in ihrem Zimmer verändert hatte. Etwas fehlt, dachte sie, etwas, das immer da gewesen ist, ist verschwunden. Aber ihr wollte nicht einfallen, was dieses Etwas war. Sie knipste die Klemmlampe wieder an und sah sich um. Der Tisch mit den geschwungenen Beinen stand wie immer unter dem Fenster, der rostbraune Sessel war an seinem Platz, der Schrank fehlte offensichtlich auch nicht, und im Bett lag sie drin, das konnte es ja sowieso nicht sein.

Vielleicht ist es etwas ganz Kleines, was ich gar nicht sehen kann, überlegte Penelop und gähnte. Aber das kann ich auch morgen herausfinden. Jetzt wird geschlafen. Sie knipste das Licht wieder aus und grübelte nicht mehr weiter. Als sie schon im Halbschlaf lag, kam Cucuu ins Zimmer geschlichen, sprang aufs Bett und wühlte sich unter die Decke. Aber im nächsten Moment kroch die Katze wieder unter der Decke hervor, tappte zu Penelops Gesicht und schnupperte.

»Lass das«, knurrte Penelop und schob sie zur Seite. Cucuu maunzte und robbte zurück unter die Decke.

Penelop spürte die wohlige Wärme des Katzenkörpers an ihren Füßen und glitt hinüber ins Reich der Träume. Wenig später nieste Cucuu dreimal laut, und Penelop murmelte im Schlaf:

»Der Feuerduft – Ich rieche nicht mehr nach Feuer!«

Wenn man sein Leben lang nach Feuer gerochen hat und dann auf einmal nicht mehr danach riecht, dann kann einen das schon durcheinanderbringen. Am nächsten Morgen war Penelop jedenfalls sehr durcheinander. Aber das Durcheinandersein kam nicht vom fehlenden Feuerduft, es brach ja erst aus, als Penelop ins Badezimmer ging. Denn aus dem Spiegel über dem Waschbecken schaute sie ein fremdes Mädchen an.

Das war natürlich Quatsch. Natürlich war es kein fremdes Mädchen, das da aus dem Spiegel herausschaute, denn es war ja auch Penelop selbst, die in den Spiegel hineinschaute. Aber das Mädchen im Spiegel hatte keine grauen Schnittlauchhaare, es hatte einen funkenroten Struwwelkopf.

»Wer bist denn du?«, fragte Penelop das Mädchen im Spiegel. Das Mädchen hatte die gleiche kleine Nase, die gleichen dunkelgrünen Augen und die gleiche blasse Haut wie sie selbst.

Penelop griff sich ins Haar und zog eine der roten Strähnen vor das rechte Auge. Sie blinzelte.

»Das gibt es nicht«, murmelte sie. Das Spiegelmädchen sagte nichts, aber es bewegte die Lippen. Penelop setzte sich auf den geschlossenen Klodeckel und versuchte, ruhig zu atmen. Sie zählte dreimal bis zehn. Das tat sie oft, wenn sie sich beruhigen wollte. An diesem Morgen half das Zählen nichts. Was war denn nur auf einmal los? Kein Feuerduft mehr, dafür aber feuerrotes Haar. Wie kam das? Was hatte das zu bedeuten?

Plötzlich vermisste Penelop ihre Mutter, wie sie sie die ganzen Wochen noch nicht vermisst hatte. Sie wollte sich in ihre Arme werfen und das Ohr an ihre Brust legen. Sie wollte den Herzschlag ihrer Mutter hören, wie sie es als kleines Kind immer getan hatte. Sie wollte, dass ihre Mutter ihr über die roten Haare strich und sagte:

»Penni, meine Penni, du bist meine Tochter, du riechst gut, so oder so! Und ob Grau oder Rot, das ändert nichts am Inneren.«

Aber genau das war es ja! Ob sich am Inneren wirklich nichts geändert hatte, da war Penelop sich überhaupt nicht sicher, sie fühlte sich nämlich ganz anders als sonst. Ganz leicht, durchlässig und auch viel wacher als bisher.

Vor allem in der Körpermitte war auf einmal so eine Kraft, die ihr durch die Wirbelsäule loderte. Das ist ja nun nicht unbedingt schlecht, aber es war eben nicht so, wie Penelop es gewohnt war, und deshalb machte ihr es ein wenig Angst.

Cucuu kam ins Bad geschlichen, sah sie an und strich um ihre Beine. Penelop bückte sich und war froh, dass die Katze da war. Sie streichelte über das alte graue Fell und wischte sich eine Träne von der Wange. Cucuu stupste ihr kräftig die Nase in die Hand. Das bedeutete, dass sie Hunger hatte und dass Penelop gefälligst nach unten gehen und ihr etwas in den Katzennapf schütten sollte.

»Ist ja gut, meine Liebe.« Penelop richtete sich auf und atmete tief. Also dann! Wenn Cucuu so tun konnte, als sei das hier ein ganz normaler Morgen, konnte sie das doch auch.

5
Post

Energisch nahm sie den Kamm von der Spiegelablage, fuhr sich durch die roten Struwweln, wusch sich das Gesicht mit kaltem Wasser und stieg dann die Treppe nach unten. Katzenfutter in die Schüssel, Tee in die Teekanne. Zum Glück war heute Samstag, also keine Schule. Nach draußen wollte sie aber trotzdem. In den Wald oder zum Steinkreis, oder einfach nur über die Felder rennen, irgendetwas, nur nicht hier drinnen sitzen und nachdenken. Plötzlich klopfte es an der Haustür.

»Herein, wenn's kein Schneider ist«, rief Penelop. Und weil er kein Schneider war, stand im nächsten Moment der Postbote im Drachenhaus.

»Ich bringe eine Lieferung für die werte Frau Erlinda Erk.« Er setzte ein großes Paket ab und wischte sich über die Stirn. »Und die übliche Post«, er legte zwei Briefe oben auf das Paket. »Also, ich muss dann wieder, und übrigens: Sehr hübsche Haarfärbung. Gewagt, aber hübsch.« Schon war er wieder draußen.

»Haben Sie nicht noch was vergessen?«, rief Penelop ihm hinterher, »einen Brief? Ich meine den in dem dunklen Umschlag!«

»Was?« Der Postbote drehte sich um. »Nicht dass ich wüsste.« Aber er begann doch in seiner Briefträgertasche zu kramen. Tatsächlich kam ein dunkelgraues Kuvert zum Vorschein.

»Heiliges Lieschen! Woher wusstest du das?« Seine Stirn kräuselte sich, aber Penelop zuckte nur mit den Schultern, und so reichte er ihr schnell den Brief und machte, dass er zu seinem Auto kam.

Leseprobe aus:
Valija Zinck
Penelop und der funkenrote Zauber
Mit Vignetten von Annabelle von Sperber

ISBN 978-3-7373-4078-6